徳間文庫

愚か者の身分

西尾潤

徳間書店

目次

第一章　柿崎護

1

コンクリートの底に、静かに水が溜まっている。

マモルがそれを歌で有名な〝神田川〟だと知ったのはついこの間だ。新宿のゴールデン街で飲み過ぎた深夜の帰り道。川沿いを歩いていると、突然タクヤが着ていたシャツを脱ぎ、川に放り投げたのだ。なにが面白いのかわからないがタクヤはゲラゲラ笑っている。

シャツが水面に落ちた。街灯に照らされて白く光っている。

自分で投げ入れておきながら、すぐにタクヤはそれがコム・デ・ギャルソンのシャツだと騒ぎ始めた。取ってこいと、半ば脅迫のように迫ってくる。

この二年以上、いわゆる〝上司〟にあたるタクヤの言いつけを、マモルはほとんどきいてきた。

　この時もそうだ。

　酔っ払っていたマモルは、焦点の定まらない目でタクヤを見つめながら、ひとまず「わかりました」と返事をした。

　丈夫な長い紐《ひも》でも手に入れたらなんとかなるかと、その時は考えた。

　二年前に新宿に引越してきた時に使用した紐が押入れにしまったままなのを思い出した。まだ半分以上は残っているはずだ。ここから自宅までは十分かからない距離だ。往復十五分くらい。タクヤも怒らずに待っていてくれるだろう。

　しかし、とマモルは思い直した。あのナイロンの紐は自分の体重を支えるにはあまりに頼りない。川底までは五メートルはあるだろう。水が流れているとはいえ、途中で落下したら無傷では済まないはず。

　そこで思い出したのがタクヤの革紐だった。緊縛プレイ好きのタクヤは、麻や革やエナメルなど、さまざまな材質の紐を所有している。女の体型によって使い分けるのがタクヤ流、らしい。

　革紐を貸してくれと懇願した。タクヤは嫌がったが、それしか手がないと口説き落とし、タクヤのマンションまで一緒に戻った。

　幸い神田川はその夜も、静かに流れていた。シャツは川の中央に顔を出している突起物に引っかかっていて、その動きを止めていた。

胸の高さほどある柵《さく》の下に革紐をきつく結ぶと、マモルは勢いをつけて柵をまたいだ。

腰を沈めて負荷をかけ、革紐の具合を何度か確かめる。

「エエイ」と心のなかで叫びながら、壁伝いに体を落とした。

タクヤからもらったニューバランス。靴底のゴムがほどよい滑り止めとなり、我ながら感心するほどスムーズに川底までたどり着いた。

ふくらはぎまで濡《ぬ》れた。なんとも言い難い川の臭いが、鼻を攻撃する。

手のひらに痛みを感じた。月明かりと、ほんのり届く街灯のなかで覗《のぞ》き込むと、皮が剝《む》けて赤い血がじんわり滲《にじ》み出している。

「マジかよ」

思わず口から言葉が漏《も》れる。柵の上から見ているであろうタクヤにはきっと聞こえていない。

滑らないようにそっと歩き、川の水を含んですっかり重たくなったタクヤのシャツを手に取った。

その時、シャツに上方から光が当たった。マモルは思わず目を細めた。

「なにやってるんですかー」

野太い声が上から降ってきた。

目を上げると、歩道に制服警官が立っていた。

「大丈夫ですかー」

チカチカと光る方に向かって、マモルは何度かうなずいた。

「こっちの橋を越えると、はしごがありますから、そこから上がって」

警官が手に持った光を動かしながら言った。

ずぶ濡れのシャツを腰に巻き、言われた方に向かって歩く。橋を越えると、確かに大きなホッチキスの針のようなコの字のはしごが壁伝いにあった。

「なんだよ。降りるところあるじゃねーか。バーカ」

思わず眉間《みけん》にしわを寄せた。

苔《こけ》でぬるぬるしたドブ臭いはしごの鉄を摑《つか》み、なんとか上柵を越えて、道へと帰還した。

やっとの思いで道路に立つと、見守っているはずのタクヤの姿はどこにもなかった。

制服警官が一名、立っているだけだった。懐中電灯を脇に挟み、ポケットからメモを取り出した。そしておざなりにマモルを心配した後、質問攻めにする。

マモルは職質用のマニュアルを、まだ少し酔いの残る脳みそのなかから取り出して答える。

職業は「ウェブデザイナー」。スマホケースに一枚名刺が挟んである。上の人間が経営している、実在の会社名と連絡先が印刷されていた。カラープリントしたものを切って作った簡単なものだ。

警官の話では、シャツを落として騒いでいる時に、誰かが通報したらしい。そういえば、タクヤは通り沿いにある古いビルのシャッターを蹴っ飛ばしていたっけ……。

途中から、もうひとりの制服警官がやってきた。到着するやいなや、彼の持っている無線機らしきものがガーガー鳴り、「はい、神田川の不審者確保です。神田川の不審者確保です」と、二回続けて応答した。

「ここ、神田川なんだ」

場違いな独り言を思わずつぶやいてしまった。

警官が、呆《あき》れて不審者マモルの顔を見た。

2

「暑い！」

曇り陰ることを忘れた太陽の下、マモルは川沿いの道を、車の往来が激しい青梅《おうめ》街道の方へ足を進めていた。神田川を過ぎ、青梅街道に出る。足元からコンクリートの照り返しがきて、より一層暑さを感じる。Tシャツが背中に汗で張りついているのがわかる。首筋もなんだか痒い。

目的地の〝もうやんカレー〟まで、あともう少し。

ランチブュッフェのメニューを思い浮かべ、トップバッターを激辛ソースのカレーか、それともいつも通りにオクラサラダかと考える。

日傘を差した女性たちとすれ違った。

なんでキャップを忘れたんだ。

帰りにコンビニで、黒い雨傘でも買って帰ろう。

マモルは足を速めた。

カレーを食べ終え、黒い傘を差しながら自分のマンションに戻る。置きっ放しにしていた四台の携帯電話のうち、二台がラインとメッセンジャーのポップアップでいっぱいになっていた。

無造作にテーブルの上に置かれた携帯電話たち。ガラケーはなく、すべてが格安スマホだ。

二台のうちの一台を手に取る。〝上野《うえの》まりあ〟の名前で登録しているものだ。

ロックを解除し、ラインをチェックする。

三人からメッセージが入っているが、一番下にある『岩谷拓郎《いわたにたくろう》』のものを開いた。

〝やっぱり暑いですね。溶けそうです〜〟

文字の吹き出し口にあるアイコンは、棒に刺さったきりたんぽの写真だ。岩谷の出身は秋田県。この男はとにかく食が好きだ。

その下に、ちょっと暗めに写った冷やし中華の写真のアップ。錦糸卵がやたら高く積まれている。

〝おいしかった！〟の文字が続く。

マモルは先ほど、〝もうやんカレー〟で撮ったカレーの写真をピックアップすると、すぐさまアップした。

すぐ横に「既読」の文字が現れる。

役所で働いている岩谷は、十三時になると個人携帯をチェックすることができない。携帯電話を見られなくなるギリギリまで、自分が送ったメッセージを眺め、まりあの既読と返事を待っていたらしい。手際よく、返事を打つ。

〝こちらはカレーでした。汗、いっぱいかいちゃいました〟（既読）

〝まりあちゃんの汗だくの姿。きっとセクシーなんだろうね☆〟

岩谷の返信も早い。

よし、もう一回返信しとくか。

〝アハ。もちろんだよ〜（うそ）〟（既読）

続いて、ウサギがハートを持っているスタンプを、ひとまず三回連打する。

最近の若いやつは同じスタンプを続けて打つらしい。これはタクヤからの情報だ。

――ちょっとした流行なんかを入れとかなきゃ、おっさんがやってるって、バレるからな。うまいこと差し込めよ。

マモルはまだ二十五歳だ。若いつもりでいたが、タクヤに言わせれば十分なおっさんなのだという。メッセージの文法は送る人間の年齢によって異なる。まりあの設定は二十一歳なので、スタンプ世代なのだそうだ。その下の世代になるとスタンプオンリー世代となるらしい。もはや言葉は必要なく、ほとんどのやり取りをスタンプのみで行うというから驚く。

そんな若者とラインを交換したことがないので実際のところはわからない。タクヤの思い込みかもしれない。とはいえ、上司の指示なので、マモルはおとなしく従っている。

岩谷は公務員という堅い職に就《つ》いているが、ギャンブル好きで金に困っていて女好きだ。身内は遠縁者が一人だけ。パスポートや免許証といった写真付き身分証明書を取得していない優良物件だった。これは高値になる条件のひとつだ。

部屋の時計が十三時を知らせ、まりあ携帯を置いた。

もう一台の携帯を手に取った。〝佐々木《さ さ き》アイコ〟の名前で登録しているものだ。

最近タクヤから引き継いだ。上に言われて新規に三台携帯を増やし、手一杯になったらしい。すでに二人から身分を買い取っているので、今やり取りしている男とカタがついたらアイコ名義も終わらせなくてはならない。

——同じ名義で三人もやったら十分だ。足がつく前に解約しろ。

タクヤは言った。

この仕事はオーダー制だ。

注文が入ったら、相手の欲しい身分に見合う人間をSNSを駆使したネットワークのなかから探し出す。ターゲットを絞ったら、細かなやりとりで情報を引き出しながら、距離を詰めていく。たとえば、高級レストランの話題をきっかけにして相手の経済状況を探る。自分の家族の話題をきっかけにして相手の家族構成を探る。海外旅行の話をきっかけにしてパスポートの有無を探る。こうして集めた個人情報を統合して、身分を売る可能性がある人間かどうかを見極めるのだ。戸籍まで売ってもらえたらラッキーだが、そこまで行かなくとも、金に困っているやつなら、戸籍を貸してもらったり、保険証を貸してもらったりしてちまちまと稼ぐこともできる。

アイコ携帯には、無料スタンプのために登録した企業からの、営業メッセージばかりが入っていた。

今、狙いを定めている男〝仲道博史《なかみちひろし》〟からはなにも入っていなかった。

個人携帯が震えた。

マモルはパンツのポケットから携帯を取り出した。タクヤからメッセージが入っていた。

〝お疲れ。今晩、佐藤《さとう》さんと新宿。六時に伊勢丹でよろしく〟

3

夕暮れになっても、暴力的な熱気は居座ったままだった。

一駅だけの移動だったが電車に乗ることにし、マモルは伊勢丹を目指した。

タクヤは服が好きで、伊勢丹メンズ館に入り浸《びた》っている。新宿界隈での待ち合わせは、いつも伊勢丹メンズ館の本館側のエントランスだ。どんな季節でも空調がきちんときいているので、マモルにとっても不服はない。

佐藤さんは、タクヤの上司に当たる人だ。その上には「ジョージさん」がいるらしい。名前だけは聞かされているが、日本人なのか外国人なのかもわからない。マモルは会ったことがない。

佐藤さんはよくマモルにこう言っていた。

「余計なことは知らない方がいいし、知りたがらない方がもっといい」

ぎょろりと目を剝きながら話すのが佐藤さんの特徴だ。もともと大きな二重《ふたえ》の目をさらに大きく見開くものだから、射すくめられてしまう。マモルはあの話し方が嫌いだった。文字通りの目力《めぢから》にねじ伏せられているような気分になるからだ。

結局佐藤さんの言いつけを守り、ジョージさんについてはマモルから質問したことは一度もない。余計なことは知りたがらないに越したことはないのだ。

佐藤さんは、服のスタイルがいつも決まっている。上は黒で下はデニムが基本だ。季節によってパターンがある。夏は黒いタンクトップがほとんどで、時々白Tに半袖の黒シャツ。冬は大抵黒のタートルネックで、時々シャツに黒の革ジャン。そしてお決まりなのがスキンヘッドの上に乗せられた帽子だ。季節を問わず、中折れ帽を被《かぶ》って現れる。

駐車場へと誘導する警備員の間を縫って、中折れ帽を被った黒い服の人が近づいてきた。

佐藤さんだ。

マモルを一瞥《いちべつ》して、なにも言わずさっと右手だけを上げた。

「早かったですね」

「おう。ちょうどマルジェラに用事があってな。でもはよ終わってもたわ」

「お疲れさまです」

佐藤さんは関西出身だ。

何回か前に飲みに行った時に、タクヤが「黒が好きならマルタン・マルジェラですよ」と、しきりに勧めた。そこから佐藤さんまでもが伊勢丹メンズ館に頻繁に通うようになってしまったのだ。

マモルは何度か買い物に付き合ったことがある。自分で買えるような金額の服はひとつもなかった。確かにいいデザインではあるが、Tシャツ一枚に何万円もの金を投じるなんて、マモルには信じられなかった。

佐藤さんはいったい何歳なのだろう。タクヤを待ちながら、マモルはふと考えた。渋くシンプルな格好を好むが、年齢はそこまでいっていないようにも見える。自分より二つ上のタクヤと同年代か、それよりは少し上か。とするとと三十そこそこであの羽振りの良さなのだから、よほど悪いことをしてきたに違いない。

しばらくして、タクヤがメンズ館のなかから出てきた。

軽くウェーブのかかった長髪が、神田川の時よりもさらに明るい茶色になった気がした。

この前「サカイの新作だよ」と自慢してきた、メッシュのTシャツに大きな鎖のネックレスをしている。

「どうします？　まずはいつもの〝すし好《こう》〟、行っときますか？　それとも久しぶりに〝世界の山ちゃん〟とか」

合流早々にタクヤが佐藤さんに聞く。

「お、おぉ。そやな」

佐藤さんが、虚をつかれたように返事をした。

気のせいか。なんだかいつもと様子が違う。

少し考えた後「やっぱ今日も魚で」と言うと、佐藤さんは靖国通りに向かって歩き始めた。

普段より少し空《す》いているすし好に入った。とりあえず三人分の生ビールを注文する。

その日は光りものがいいと大将が勧めてきたので、鯵《あじ》と鰯《いわし》の刺身をオーダーした。

「そーいや、〝レッド・ランタン〟の女の件、大丈夫やったんか？」

白いおしぼりを、手から首筋へと移動させながら佐藤さんが聞いた。

〝レッド・ランタン〟とは歌舞伎町にある中国人ママが経営するクラブで、マモルは足を踏み入れたこともない、富裕層相手の老舗《しにせ》だ。そこのホステスのために、偽装結婚してくれる男性をママは探していた。

偽装結婚は簡単そうに思われがちだが、結構面倒な案件である。

婚姻届を提出するだけではない。入国管理局に何度も出向かなくてはならないし、付き合って何年か、写真はないのか、一緒に寝ているか、ベッドはシングルかダブルか、歯ブラシの色は何色か、などと事細かに質問される。しかも相手になる日本人の収入が低かったり、出会いが水商売の場所だとわかると途端に審査は厳しくなる。

このホステスは売上げにもかなり貢献しているらしく、ママからなんとかならないかと佐藤に相談があったのだった。

「大丈夫っす。一回目の入国管理局の面接は難なく済みましたし、カモフラージュの私服もお互いの部屋に入れ済みです」

管理局の抜き打ち審査に備えて、あらかじめお互いの私服を部屋に入れておき、本当に付き合っているかのように演出するのだ。

タクヤが待てないとばかりに、店員が運んできたジョッキを奪うように受け取った。おざなりに乾杯。すぐに出てきたお通しの酢の物と光りものの刺身を平らげ、寿司を堪能する。

酒も相当進んできた。佐藤さんはひたすらビールで、タクヤはハイボール。マモルはレモンチューハイをちびちびとなめる。

「目玉って、簡単に出るのな」

鯛《たい》のかぶと煮を箸でつつきながら、少し酔っ払った佐藤さんが言う。

「知ってるか？　目ん玉って、交通事故なんかで頭強く打ったりすると、後ろから前へコンって簡単に飛び出すんやで。救急救命室みたいなとこじゃ、日常茶飯事の光景らしい」

「えぇ〜。マジですか」

タクヤが大げさに突っ込む。

「せや。目玉飛び出たままの人間って、結構運ばれるらしいで」

「その目玉って、もちろん見えてるんですよね？」

マモルが聞いた。

佐藤さんの目が、ぎょろりと一層大きくなってマモルを見る。

どんな光景がその目玉には映るのだろうか。想像したマモルは全身が粟立《あわだ》つのを感じた。

「ああ。見えるらしいで。生きてる今かて簡単に取り出せんねん。ほら、ちょうどそのスプーンとか一番使いやすいんちゃうか」

佐藤さんは、マモルが食べ終わったばかりの茶碗蒸しの横に置かれた、小ぶりのスプーンを手に取った。

「こんな感じで、クリッとな」

右手に持ったスプーンが、左手で作られた丸い空間のなかでくるりと踊る。

「じゃあ今、試してみましょうよ」

タクヤが両手でマモルの顔を上下に押さえた。

「や、やめてくださいよ」

マモルはタクヤの手を振りほどいた。

佐藤さんは顔を歪《ゆが》めて意地悪く笑った。タクヤもテーブルを叩いて笑っている。

二時間ほどダラダラと飲食し、酔いがすっかり回った頃合いですし好を出た。

「いつもごちそうさまです」

マモルは佐藤さんに向かって頭を下げた。

「アートーッス！」

タクヤは酔いの回った目で佐藤さんに言う。

その時マモルは、パンツのポケットが震えた気がして、歩き出したふたりから一歩後ろに下がり、携帯を取り出した。

だが、手のひらの携帯画面にはなんの変化もない。ただの気のせいだった。

飲みに行く夜は、仕事用の携帯は持ち出さないことにしている。酔うと注意力が散漫になるからだ。設定が頭から飛んで、思わぬところでほころびを見せてしまうかもしれないし、携帯電話をどこかに忘れたり落としたりするのが一番の問題だ。やりとりしている人間たちには「会社の定期飲み会」でお局《つぼね》や上司がうるさいので、連絡ができない、と伝えてあった。

頻繁にやりとりしていると、相手がまるで恋人のように振舞ってくることがある。

数時間でも理由がなく連絡が取れないと、後で猛烈な非難を浴びせてくることがたびたびあった。大切な顧客候補を逃さないためにも、しばらく不通になる時には事情説明が欠かせない。

逆にこちらが相手に囚《とら》われてしまうこともある。プライベートな情報を聞き出しているうちに、情が湧いてきてしまうのだ。恋人とだって、こんなに密に連絡を取り合うことはない。しかもそんなやり取りが一ヶ月から、長い時では半年に及ぶこともあるのだ。役に徹し続けているにはかなりの冷静さと忍耐が必要になる。

タクヤは口を酸っぱくして、「同情するなよ」とマモルに言う。しかしそんなタクヤが、実は情に厚い男であることをマモルは知っている。自分を拾ってくれた時もそうだ。職がなくて困っていたマモルにこの仕事を紹介し、丁寧に指導してくれた。今年に入ってすぐに身分を買い取った江川《えがわ》という男のことも、やたら気にかけていた。

そしてマモルにもまた、囚われている人間がいた。それが仲道博史で、見つけたのは「ナショジオ仲間」というコミュニティだった。有名ネイチャー番組のファンが集《つど》うところで、タクヤと江川が繋がったのもここだった。アイコ携帯を引き継いだ際、「このコミュ、まだいけそうだぞ」とタクヤに勧められたので、こまめにチェックしていたところ、最近親しくなったのが仲道だった。

仲道の語る事情はありきたりなものだ。仕事をリストラされ、暇を持て余してパチンコにハマった。結婚はしておらず、止めてくれる人は誰もいない。のめり込み借金ができ、徐々に膨らんでいる。とにかく寂しい――。

自業自得だ。これなら情が湧く余地もないと冷静にやり取りを進めていたのだが、時折り差し込んでくる言葉が妙に引っかかった。仲道は哲学好きらしく、様々な格言をメッセージに織り込んでくる。これがマモルの心にいちいち刺さるのだ。いつしかマモルは仲道からの連絡を気に掛けるようになっていた。アイコ携帯だけを家から持ち出していたのだった。

佐藤さんとタクヤが区役所通りの方へ向かっている。

またいつものパターンで、ゴールデン街のバーで何杯か引っ掛けた後、SMサロンへ行くのだろう。

マモルは初めてその店に連れて行かれた時のことを思い出していた。

――手首で素早くスナップきかすんや、マモル。ほら、練習してみぃ。

目の前にやってきた女の尻を打ってみろと佐藤さんに鞭《むち》を渡され、叩いてみたが「打ち方がまるでなってない」と、すぐに叱《しか》られた。壁を相手に、酔っ払いながら鞭打ちの練習をさせられたのだった。

マモルはため息をついて、ふたりの後を小走りで追った。

4

気がつくと、薄暗い明かりのなかで歯のない女がマモルの前に跪《ひざまず》いて微笑んでいた。

そうだった。

バーで飲んだ後、佐藤さんの行きつけのSMサロンに流されるように到着して、当たり前のようにM嬢をあてがわれたのだ。

「脱ぎますか？」

女が潤んだ目でそう聞く。

マモルが座っているソファの両側には背丈ほどの仕切りがあるので、隣でなにが起こっているのかはわからない。

ベース音のきいた、ジャズっぽい音楽だけが頭上で響いている。

「まだ大丈夫。ねぇ、一緒に来た茶髪のロン毛とスキンヘッドの人はどこ？」

女が黒いボンデージで包まれた身体をくねらせながら後ずさる。後方のカーテンを潜《くぐ》り、ブースを出た。おそらく、すぐ向こうに立っている黒服に問い合わせているのだろう。

「ロン毛の方は別室に……」

女が戻ってきてそう言った瞬間に、カーテンの向こうからブースに乱入してきた男がいた。

佐藤さんだ。

「えっ……」

佐藤さんの目は据わっていて、マモルの驚きなどどこ吹く風だ。

「マモル、その女にちょっとの間、オナニーさせといて」

「は、はい」

マモルは歯のない女に、佐藤さんの言う通り指示した。

暗がりのなかで女の顔が紅潮したように見える。

女の指先が自分の乳房に伸びた。顎《あご》を上げ、歯のない口元から吐息を漏らす。

佐藤さんはしばらく女を眺めていたが、急になにかを思い出したように、マモルの耳に顔を寄せて言った。

「マモルな。お前、明日はタクヤんとこに行かんとけよ」

「え……」

「なんか言うてくるかも知れへんけど、とにかく明日はあいつのマンションに行かんとけ」

ぎょろっとした目が、マモルの瞳を覗き込んだ。

「でも明日、夕方に呼ばれてるんですよ。サングラスの修理に行くから付き合えって」

「適当に理由作って、行かんとけ」

「で、でも……」

そんなことをしたらタクヤが不審がるに決まっている。今までタクヤの誘いを断ったことはないのだ。

「明日、なにかあるんですか？」

佐藤さんの視線はもう女に戻っていて、こちらを見ない。

頭上でジャズが響く。

「マモル」

「はい」

「お前、俺が前に言うたこと覚えてるか？」

例の佐藤さんの言葉を思い出す。

——余計なことは知らない方がいいし、知りたがらない方がもっといい。

マモルはひとまずそれ以上の詮索《せんさく》はやめ、佐藤さんの目を見つめ返し、頷《うなず》いた。

その頃には、ボンデージの真んなかにまっすぐ伸びているジッパーもへその下あたりまで下がっており、女の指先が脚の付け根に向かっていた。

「マモル、この女、タイプか？」

佐藤さんの視線は女の下半身に向いている。

マモルはもう一度佐藤さんの顔を見つめ返し、首を横に振った。

佐藤さんは目の前の女の腕を摑み、カーテンの向こうの別室へと向かって行った。

マモルはスキンヘッドの後ろ姿を見つめながら、タクヤが今年の正月に自分のために作ってくれた、魚の煮付けのことを思い出していた。

5

さ、寒い……。

腕がひりひりするほどの寒さで目覚めたマモルは、思わず両手で自分の体を抱きしめた。

昨夜帰宅した後に、クーラーの温度を下げきり、そのまま眠ってしまったのだった。

まるで冷蔵庫のなかにいるようだ。

「おはようございます」

小さく自分に挨拶をした。

声を出すことで今日も無事に生きているんだな、と確認する。
哲学が好きだという仲道博史とやり取りを始めてから、「生きている意味」とか「自分て何者なんだろう」とか、マモルが今まで、二十数年間生きてきて、まるで考えもしなかったことに思いを馳せるようになった。

自分は柿崎《かきざき》護《まもる》。
八王子で生まれた。
両親は自分が小学校に上がる前に、ふたり揃《そろ》ってどこかに消えた。
五人兄弟の末っ子。
夢なんてない。
なりたいものなんてない。
目の前のできることをやるだけ。
空腹を満たせて、雨風をしのげればそれでいい。
今も八王子に住む、あんちゃんたちの言葉だ。
兄弟に金を借りることなく、人に迷惑をかけず、ひとりで生きていく。
自分の人生に、それ以外なにがあるのか。
疑問も抱かなかった。

――魂の探求のない生活は、人間にとって生き甲斐のないものである。

ある時に仲道がアイコに送ってきた、ソクラテスの言葉だ。

生きるだけの生活ではなく、どう生きたいのかと、仲道博史はアイコに問いかけてくる。

自分の魂の探求……。

マモルはソファから体を起こし、リモコンを手に取って、エアコンの電源を切った。時間は朝の九時を過ぎている。テーブルの上にきちんと並べて置かれた携帯電話を端からチェックする。

手際よく、ラインの返事を打っていき、フェイスブック、ミクシィ、ツイッター、インスタグラムを立ち上げて、ざっとアイコや他名義の友人たちの動きをチェックしていく。リズミカルに「いいね」ボタンを押していった。

ふと画面の時計表示を見ると十時を過ぎていた。もう一時間も経《た》ったのかと思ったその時、手にしていたアイコ携帯が鳴った。

画面に表示されているのは〝仲道博史〟の名前だ。

な、なんなんだ。今までメッセンジャーやラインでしかやりとりをしていなかったのに、突然電話を鳴らしてきた。

もちろん、マモル自身が応答することはできない。

十数回鳴り続け、やっとコールが止《や》んだ。

マモルは時計を確認して、五分待った。そしてラインでメッセージを送る。

〝ヒロくん♪　なにかあった？　電話なんて珍しいね〟

画面を開いたまま見つめていると、ぱっと(既読)のマークが浮び上る。その何秒か後に返信があった。

〝すみません。一度声が聞きたいと思って〟

画面を開いたままなので、相手にはすぐに〝既読〟マークが表示されるだろう。マモルはすかさず返事を打つ。

〝あと一時間は電車で移動中。その後は仕事入っちゃうし〟

続けて困った顔のクマのスタンプを入れる。既読はつくが、返事はない。

〝どうかしたのかな？〟

重ねて送った質問にも仲道は答えない。

結局、午後になってもなんの反応もなかった。そろそろ仲道博史とも会う約束をしなければならない段階なのだろうか。

電話をかけてきたという事実が、そのタイミングであることを告《つ》げていた。

マモルは仲道博史と会う段取りをつける下準備のために、去年からタクヤが使っている女の連絡先をアドレス帳から開いた。名前は希沙良《きさら》。人気アナウンサーに似た、きれいな顔の女だ。アイコになりすまし、仲道博史と会ってもらうのだ。彼女には過去にも何回かその役割を依頼している。江川を落とした際も、タクヤは希沙良を使ったはずだ。

希沙良には、これまでやりとりしたことが本当なのかそれとなく確認してもらうことになる。もちろん事前の予習は欠かせない。これまでのメッセージの履歴や仲道のフェイスブックの書き込みなどを頭に入れておかないとボロが出る。

もし、仲道の個人情報に間違いがなければ、「実はすぐにお金が手に入る方法がある」と話を持ちかける。言葉巧みに誘いをかけ、承諾したらそこから先は佐藤さんに引き継がれる。

保険証なのか、運転免許証なのか、パスポートなのか、戸籍なのか。相手と話しながら、どこまで引き出せるのかを交渉する。

世の中には、いろんな事情で身分を必要としている人間がいる。

その多くは外国人たちだ。特に中国で一人っ子政策の時代に誕生した、闇っ子と呼ばれる戸籍を持たない人間たちが日本にやってきては荒稼ぎし、身分を欲しがっているケースが多い。

彼らには生きる権利はあるが、この世界を自由にとびまわる権利はないのだ。

日本人でも、重犯罪者の身内として生まれたがゆえに周囲の厳しい目にさらされ、うまく生きていけない人間など、生まれたままの名前じゃ、人生を歩むことができない者もいるのである。

生きながらにして、生まれ変わりたい女や男。

この仕事には、需要がある。

〝ヒロくん♪ 次の土曜の夜、よかったら渋谷でお食事でもいかがですか？〟

今週末くらいに予定して欲しいと、仲道へ予定伺《うかが》いのメッセージを入れた。

既読はすぐにはされなかった。

ポケットに入れっぱなしの個人携帯が震えた。タクヤからのメッセージだった。

〝お疲れ。今日は五時ごろ来てくれ〟

スマホの待ち受け画面にその文字だけがポップアップされていた。開かなければ、既読通知はされない。

昨日の佐藤さんの言葉が頭のなかでリフレインする。

――お前、明日はタクヤんとこに行かんとけよ。

いくつかの返答のパターンを考えたが、マモルは結局メッセージを開かずに、画面をロックすることにした。

6

夕方になり、マモルはテーブルの上に置かれた個人携帯の画面を見つめていた。

〝なにかあったか？〟

タクヤからのメッセージだ。

自分の指示に逆らったこともなければ、歯向かったこともない従順なマモルが、約束の時間を過ぎてなんの音沙汰もなく、メッセージを既読にすらしないことを、タクヤはさぞ訝《いぶか》しく思っているに違いない。

佐藤さんの言葉は、どう考えてもタクヤが尋常ではない事態に巻き込まれていることを意味している。

その時、隣に置いていたアイコ携帯に仲道博史からのメッセージ着信音が鳴った。

〝今週末、大丈夫です〟

続けてもう一行飛び込んできた。

〝今、アイコさんの家のそばにいると思います〟

え？

マモルはその文章をもういちどなぞってみる。

〝今、アイコさんの家のそばにいると思います〟

なにを言っているのだろうか。

〝？　？　？〟と、？マークのついたスタンプを連打する。仲道はラインを開いたままなのか、すぐに既読がつく。

そんなタイプの人間だとは思わなかったが、冗談をかましてきたのか。

〝北新宿二丁目ですよね〟

背筋が凍った。

マモルは落ち着きを失い、携帯を片手にマンションの部屋の外へと飛び出す。廊下に人はいない。

ポケットに突っ込んだ個人携帯を取り出して、タクヤの携帯を鳴らす。いや、待て。なにをしているんだ。すぐに発信を閉じる。一秒もコールしていないと思ったが、向こうには着信が表示されたようだ。

タクヤからのコールがすぐに返ってきた。

震える携帯を片手に持ちながら、薄暗くなりかけたマンションの廊下を意味もなく歩いた。

そんなことあるわけないかと考えながらも、三階からマンションの周辺を見下ろす。階下には、すでに夜の空気をまとった女性、いや男性がヒールを履《は》いて、ゴミを出している姿があるだけだった。仲道を思わせる男の姿はない。

「そんなバカなこと、あるわけねーし」

自分を落ち着かせるために、口に出して言ってみる。

そしてふと、西新宿のもうやんカレーの外観写真を仲道に送ったことがあったのを思い出した。近所のおすすめのお店というコメントを添えて。彼が写真からアイコの住まいを割り出したとしても不思議はない。

アイコからの一連の文面をなぞる。

大丈夫だ。ただ、面白がって推測でテキストを送ってきているだけだ。

部屋に戻ろうと踵《きびす》を返すと、ぬっと目の前にいつもの帽子を被った佐藤さんが現れた。

昨夜といい、今日といい、この人の登場はいつも唐突だ。

「マモル、お前、今、どこにかけてた?」

「え。電話ですか?」

と言い終わらないうちに、佐藤さんはマモルの携帯電話を取り上げた。

なにが起きているかわからず、マモルは動きを止める。佐藤さんの後ろから、アロハシャツを着た大きな男がゆっくりと近付いてきた。

「ジョージさん、こいつがマモルです」

佐藤さんはマモルの携帯をいじり続けている。

この人が……。

「あぁ、君がマモルくんだね。タクヤくんの下で頑張ってる」

佐藤さんの帽子の後ろに首ひとつ抜け出す巨体が見えた。顔に埋もれるような細い目は、とても優しい印象だ。

「かきざき、マモルです」

「いちおか、ジョージです。初めてだね、会うの」

その物言いも、佐藤さんとは違ってとても落ち着いている。

佐藤さんが携帯電話から顔を上げて、ジョージを見た。

「ジョージさん、こいつはシロです」

佐藤さんが、マモルに携帯電話を押し付けるように返し、ジョージにそう告げた。

「シロ？」

わけがわからず、マモルは聞き返した。

「あぁ、よかったわ。マモル、お前が巻き込まれてへんかって」

カラスの鳴き声が合いの手のように入った。

「俺、お前のことは買《こ》うとったんや。変なことでおらんようになるんは嫌やったしな。ジョージさんもお前と一回会《お》うてみたいって言ってくれはったから」

そう言った後、佐藤さんはジョージの耳元でなにかを囁《ささや》いた。ジョージは頷く。

「ひとまず、部屋、入れてや」

マモルの方に向き直り、佐藤さんが言った。

いつの間にか陽《ひ》が落ち、廊下の蛍光灯が点灯している。マモルは自分の部屋のドアを開けた。

「佐藤さん、タクヤにいったいなにがあったんですか？　俺、やっぱり心配で」

部屋に入ったマモルの背後で、なぜかガチャリと施錠の音が聞こえた。

え。ロック？

マモルは後ろを振り返った。ジョージの大きな拳《こぶし》が、マモルの下顎から突き上げるように飛んできた。

体が宙に浮く。仰々《ぎょうぎょう》しい音を立て、後ろへと倒れ込んだ。

突然の衝撃で、意識が朦朧《もうろう》とする。

「君たちはやっぱり仲がいいんだね」

ジョージが先程までと変わらない優しい笑顔のままでそう言った。耳なりが頭の中を旋回している。

「ごめんね、マモルくん。その名前聞いたら、ちょっとムカついちゃって」

足元のゲームソフトの束を蹴り飛ばした。

口のなかに、血の味が充満した。マモルは弁明しようとしたが、うまく口が開かない。

部屋の中央にある三人がけのソファにジョージはどっかりと腰掛けた。

佐藤さんはその手前に置いてあるスツールに腰をおろした。

朦朧とした意識のなかで、最近タクヤに不審な点がなかったか思い出そうとする。

視界に大きな影が入り腹部に新たな衝撃を受けた。

「ングっっ」

声にならない音が口から漏れる。

マモルの意識はどこか違う場所へと消えて行った。

7

まな板の上に、大きめの魚が載っていた。

タクヤの手が器用に出刃包丁を操り、腹を裂いて腸《はらわた》を出していく。

なんの魚かと聞いた。

「シマ鯵」

タクヤは魚を捌《さば》くのがうまかった。時々思い出したように魚料理を振舞ってくれた。

「魚なんかユーチューブで動画探して見たら簡単に捌けるし、料理だってできるよ。お前も作ったらいい」

邪魔ならばくれればいいのに、顔に落ちてくる髪を手の甲で耳に何度もかけながらそう言った。

その夜はタクヤにとって特別だったのか、新鮮な鯵を自分の好物の刺身にするでもなく、鍋に放り込んだ。

「弟が好きだったんだよな」

と、食べる前にタクヤはつぶやいた。

鯵の煮付けは生姜《しょうが》がきいていて、家庭料理にほとんど縁がないマモルの舌に、格別なものとして記憶付けられた。

その魚は温かかった。

目を開くと、視界に飛び込んできたのはカラフルなゲームソフトの山だった。鉄の味と吐瀉物《としゃぶつ》の酸味が混じり合い、口のなかが恐ろしく気持ち悪い。

マモルは体を起こそうと試みたが、手の自由がきかない。背後で手首を拘束されていた。感触からして、おそらく大きめの結束バンドだ。

「お。目覚めたんか」

黒いパンツに黒いソックスが、カラフルな色の向こうに見えた。佐藤さんの声がする。

「お前、今夜はここでじっとしとけな」

シュパッと、ジッポを開く音とともに、タバコの臭いがマモルの鼻を突いた。

「ジョージさんはもう行ったから」

「佐藤さん」

マモルは重い口を開いた。

「タクヤはいったい……、なにやったんすか？　……なにがあったんすか？」

口のなかがザリザリしてしゃべりにくい。

佐藤さんはタバコを大きく吸い込み、吐き出した後、ゆっくりと話し出す。

「タクヤなぁ。俺も嫌いなやつじゃなかってんけどなぁ」

もう一度、深呼吸するように、大きく煙を吐き出した。

「あいつ、バレてないと思ってるけど、どうもタタキの手引き、やったみたいでな」

「ジョージさんのとこですか？」

「あぁ」

ジョージはオレオレ詐欺や危険ドラッグなどで、表にできない大金を掴んだ〝投資家〟から資金を預かり、金塊ビジネスをやっているんだと、タクヤから聞いたことがあった。

金塊ビジネスとは、密輸した金塊を日本国内で売りさばくだけの単純な仕事だ。金には国際価格がある。世界各国値段は共通だが、日本に持ち込む場合、税関に申告して消費税を納付しなければならない。しかし税関を通さずに密輸すれば、国内での売却時消費税が丸々利益になるのだ。

つまり国の税金を頂戴する、ということになる。麻薬と違って、所持しているだけで逮捕されることはないから、運び人を探すのも比較的簡単だ。買い付けの資金さえあればできる、タクヤいわく〝美味しい仕事〟だ。

部屋中にタバコの臭いが充満している。

「タクヤは……？」

「せやな。消える、かな」

「消える？」

「まぁ、もうええやろ。ひとまず、ここで大人しくテレビでも見てろや。お前はタクヤと近かったから、助けに行ったりするかもしれん。ややこしいことしてふたりいっぺんに消えることになったら仕事に支障きたすやろ。ジョージさんの言いつけやから、悪いけど明日までちょっと拘束するで」

佐藤さんはテーブルから黒いリモコンを取り、テレビのスイッチを入れた。光が躍り出し、部屋の雰囲気がパッと華やいだ。佐藤さんが冷蔵庫からビールを出して飲み始めた。プルタブを引く音がした。時折上がる笑い声。

「お。こんなとこにウィスキーあるやんけ」

流しの横に置かれたウィスキーを見つけたようだ。氷を取り出し、水割りを作っている。

「ほら、お前も飲んどけ」

佐藤さんは、水割りが入ったグラスを、まるでお茶でも飲ませるかのようにマモルの口元にあてがう。

とにかく喉が渇いていた。たとえアルコールであっても水分はありがたい。マモルは一気に飲み干した。酔いが脳を駆け巡るのがわかった。

テレビから無邪気に聞こえてくる大勢の笑い声。引き笑いしながらテンション高く話し続けるお笑い芸人。バラエティ番組の平和なトーンが、今の状況をまるでコントの出来事のように感じさせた。

マモルは重くなったまぶたをゆっくりと閉じる。意識が深く沈んでいった。

音が聞こえる。何度も何度も同じ音がする。

うるさい。

酔いと眠気でぼんやりしていた意識が徐々に醒《さ》めてくる。

耳が音の輪郭を捉《とら》えはじめた。

――インターホン？

目が覚めた。

顔をひねって耳をドアの方に向ける。

しかし、音はもうしない。

顔を元に戻した瞬間、マモルの下腹部を猛烈な尿意が襲った。

部屋のなかは暗く沈み、テレビのスイッチはオフになっていた。

佐藤さんは目の前のソファで熟睡していて、インターホンの音には気づかなかったようだ。

時計は十二時を回っていた。

マモルはゆっくりと体を起こし、立ち上がると、トイレに向かった。

両手を後ろで拘束されているので、難しい動作になったが、なんとかパンツをおろし、これでもかというくらいの大量の小便を流した。

ひと息ついて、今度はパンツを穿《は》こうとしたがこれが脱ぐより難しい。少しの間頑張ったが、もうそのままにしておくことにした。

夜の音が、じっとマモルの耳を塞《ふさ》いだ。


おととしの冬、マモルは初めてタクヤと会った。

新宿にかつてあった、ブランド古着店のビルの前だ。

服好きにはわりと評判の店で、古着ながらセレクトが良いことで有名だった。その日もやることがなくなって、ふらりと訪れたのだ。金のない時は目だけで楽しむ。寒くないし、店の音楽も好みだった。

たまたま行われていたビルの外装工事が、店の入口をわかりづらくしていた。

マモルは入り口がわからずビルの周りをうろうろしていたが、もうひとり、マモルが欲しかったヨウジの黒いキャップを被って同じようにしている長髪の男がいた。

それがタクヤだった。

普通ならそんなことで知り合いになるわけはないのだが、その時、アクシデントが起きた。

ビルの周囲に張り巡らされた足場の鉄パイプの隙間から、なにかが落ちてきたのだ。

塗料の空き缶だった。それはキャップを被ったタクヤの後頭部に当たり、道へと転がって行った。

タクヤはその瞬間、ちょうど並んで立っていたマモルの方に、倒れるように体勢を崩した。

抱きかかえるような形でタクヤを受け止めた。病院に行きましょうと言ったが拒否された。あれこれと心配するマモルを、タクヤは礼がしたいと食事に誘ってきた。金がなく、一食でもありがたかったマモルは、ついて行くことにした。

食事を始めて、屈託のないタクヤの笑顔に引き込まれた。酒の力も手伝って、マモルは警戒することなく自分のことを話した。今は仕事にあぶれていること。いつも金に困っていること。

そんなマモルに、タクヤは自分の仕事を手伝わないかと言ってきた。

仕事の内容を聞く前にやると決めていた。

なにより「仕事」が欲しかった。

中卒のマモルには、面接すら受けられない仕事が多かったからだ。

ネットカフェを泊まり歩く生活にも疲れ果てていた。

中学を卒業して、何年かはパチンコ店の仕事に就いた。寮があったので、兄たちとぎゅうぎゅうに暮らしていた狭い家を出ることができ、三年頑張ったのちには念願のひとり暮らしも始めた。だが、多国籍でなかなか通じ合えない店の人間関係に嫌気がさし、働き始めて五年の月日が経った春、辞めてしまった。

その後は違うパチンコ店で働いたり、呼び込みのバイトや解体屋の日雇いバイトに行ったりと、職を転々とした。憧れの服飾関係の仕事にも応募してみた。もし、服に囲まれて仕事ができるなら、求人誌の見出しでしか見たことがない「やりがい」のようなものが、見つかるかもしれないと思った。

しかし、勇気を振り絞って応募するも面接まで行けず、採用されることはなかった。明日のことだけを考えて日雇いの仕事をするようになり、タクヤと会う一ヶ月前には住んでいたアパートを家賃未払いを理由に追い出され、ネットカフェを転々とする生活を続けていた。

兄貴たちを頼るという選択肢は端《はな》からなかった。迷惑をかけるのは、幼少時だけで十分だった。

それからこの仕事を始め、マモルはタクヤの言うことを何でも聞いた。時に自分勝手に行動したり、理不尽なことを言われたりしたが、マモルはタクヤの指示に従った。

手元に金が入り、生活に余裕ができたことで恩義を感じていたことも確かだが、ずっとお荷物でいた自分が、誰かに必要とされることが単純に嬉しかったのかもしれない。

タクヤは自分の身内のことはまるで話さなかったが、一度だけ、こう言ったことがあった。

「マモル、俺の死んだ弟にちょっと似てるわ」

窓の外から、バイクの走り出す音が、途切れ途切れに聞こえてきた。

もう新しい一日が始まっていた。

8

昼下がり。マモルはタクヤのマンションを訪れた。

何度となくこの階段を上ってきたが、今日ほど嫌な気分の日はない。

結局マモルは午後を回っても拘束されていた。

佐藤さんから受けた指令が二つあった。部屋の掃除とテディベアのピックアップ。

「マモル、今からタクヤんとこ行って掃除してきてくれ」

「掃除、ですか？」

「あぁ。だいぶ汚れてるらしい。ほんで、どっかに茶色のテディベアがあるから、それもついでに取ってきてくれ。あれ、限定のやつで、もともと俺のやから」

「タクヤは結局……、どうなったんすか」

「お前もしつこいな。だから、消えた、って」

「消えた、って、殺された、ってことっすか？　それとも、どこかへ飛ばされた、ってことっすか？」

興奮して声が大きくなった。

佐藤さんに顔を張られた。

「うるさい！　俺は知らん。どっちにしても、ジョージさんが決めたことや。見届けのやつの連絡遅いから、段取り狂うてえらい時間かかってしもたけど、あの人の采配でどっちかやろ」

マモルは視線を上げることができなくなっていた。

〝見届け〟とはなんだろう。段取りとはなんのことだろう。疑問ばかりが頭に浮かぶ。かぶせるように佐藤さんは言った。

「警察に届けるとか、妙な真似すんなよ。どうせタクヤも戸籍売った身なんやし、あいつはこの日本のどこにも存在してへん人間なんや。あのマンションはジョージさん管理の部屋やし、あいつが消えても、誰も捜すやつなんかおらんし、誰も心配せえへんし、日本の人口だってひとりも減れへんねや」

佐藤さんが早く行けと手首の拘束を解く。

「お前、パンツくらい穿いてけよ」

マモルはパンツとズボンを上げた。

階段を見上げて、大きく深呼吸をする。

視線を戻し、階段横にある郵便受けからタクヤの部屋番号を探す。簡単に開いたボックスはチラシやダイレクトメールが入っていたが、その底に指を這わすと、指先が鍵の感触を捉えた。

鍵を取り出し、階段を上る。一晩中拘束されていたせいで、体が軋《きし》み切っている。

タクヤの部屋の前に立ち、もう一度息を呑《の》んだ。

解錠してドアを開けると、マモルの鼻を包み込むように生ぐさい臭いが押し寄せてきた。

なかに入りドアを閉めた瞬間、マモルは今まで我慢してきた感情を一気に爆発させた。

声にならない声が喉を通り、目からも口からも水分があふれ出る。視界が遮《さえぎ》られ、リビングへ通じるドアさえも次第に見えなくなっていった。

立っていることも、座っていることもままならなかった。ただただ、タクヤのスニーカーで埋められた玄関で、転がって唸《うな》って泣いた。

何分くらいそうやって転がっていただろうか。

涙を出し切ったマモルは、やっと立ち上がり、目の前の白い磨《す》りガラスの扉を開けた。

そこにはタクヤがいつも座っていた黒い革張りのソファが、変わらぬ姿であった。だが、違っているのは、その下に敷かれた白いラグマットが黒く変色しかかった血で汚れていることだった。周りにおいてあるテーブルの脚やクッション、テレビ、至る所に血痕があった。

マモルはリビングの電気をつけ、カーテンを開き、窓という窓を全開にした。バスルームに行くと、洗面台に水を溜めた。タオルを水で濡らして、血痕のひとつひとつを丁寧に拭き始めた。

血飛沫《ちしぶき》は至る所に飛んでいた。天井に至っているものもあったので、場所を確認しては椅子を移動させ、丁寧に拭きとった。いつまで経っても、手の震えは止まらなかった。

カーテンに付着したすでに黒くなっているシミには、石鹸《せっけん》を擦《こす》り付け、歯ブラシでその血を浮かせた。

——血はお湯じゃダメだ。体温より高い温度だと、固まっちまうんだ。だから血は石鹸水で洗うのが一番だ。

いつだったか、お気に入りのシャツに、突然噴《ふ》き出した鼻血でシミをつけてしまったマモルに、タクヤが教えてくれたことだ。

血に染まった白いラグマットはそれほど大きいものでもなかったので、丸めてゴミ袋に突っ込んだ。

佐藤さんが言っていた茶色のテディベアは、テレビの横に鎮座していた。奇跡的に血痕は付いていなかった。

掃除を済ませた後、テーブルの上に置かれた充電しっぱなしのタブレットと携帯二台に目をやった。

ここにやって来るまでに確認したが、タクヤからの最後の電話は深夜十二時七分だった。

マモルは昨夜、インターホンを鳴らしていたのはタクヤだったのではないかと思った。なんの連絡にも応えない自分に対し、タクヤは心配して会いに来てくれたのだ、と。

思い出すとまた、抑え込んだ感傷が口からあふれ出そうになる。

その時、携帯が震えた。

珍しく、メールだった。マモルがこの仕事を始める、ずっとずっと前から使用している、ジーメールのフリーアドレス。

差出人を見るとタクヤの名前だった。

生きてる！　タクヤは生きてる！

マモルははやる心を抑え、メールを開いた。本文にはなにも書かれておらず、ＰＤＦが添付されていた。

〃マモル
このメールをマモルが読んでいる、ということは、俺はもう殺されてるか、海外に飛ばされ、新薬の治験《ちけん》でもやらされているんだと思う。

佐藤さんからこの話を持ちかけられた時には、一瞬やばいなと思ったけど、金に目が眩《くら》んで乗ってしまった。金、って恐ろしいわ（笑）。

最初、ジョージさんの、というか上の事務所の金を横取りしようと考えたのは佐藤さんだ。

ジョージさんは金塊ビジネスのグループも管理してるから、上からかなり大きな額の投資金を預かっていた。それを自分の女のところに隠してたんだ。

いや、簡単だったよ。女の日々の動きを密かにチェックしたら、あとは忍び込んでドロン。もちろん佐藤さんが手配した人間に頼んでやったから、こっちのアリバイは完璧だ。それで一億近く頂いた。

佐藤さんいわく、ジョージさんは、手元に二億以上は絶対に貯め込んでるから心配ないらしい。佐藤さんや俺たちが働きまくった金を貯めに貯めてたらしい。だから投資金をタタいたところで、上には自分の持ち金で補填するだけだしな。

で、俺たちはその金を、まさか銀行に預けるわけにもいかないから、名義貸しのとこで偽造身分証作って、品川にある貸し倉庫に入れた。その身分証、貸し倉庫の鍵とカードは、俺んちのテレビの横にある茶色のテディベアのなかに縫いこんである。

……ことになっている（笑）。

テディベアのなかには、ちゃんと身分証と貸し倉庫の鍵とカードが入っているが、佐藤さんが裏カジノにハマってるって噂も耳にしたし、信用できないから、この前、別の会社の貸し倉庫借りて、そこに金を移しておいた。その鍵とカードは、冷凍庫にある鰺の腹んなかに挟んである。

もし佐藤さんに見つかっても、リスク回避で移しておいたと言い訳できるしな。品川の倉庫には代わりにエナメルの紐を入れておいた。許してくれるかな（笑）。

そしてこの予感があたって、佐藤さんが本当に俺をはめたのなら、俺は好きなやつに金を残したい。

あれだな、お父さんが入る生命保険のようなもんだ。どうせ死ぬなら、何か残したい。まぁそんなとこだ。

マモル。今すぐ、俺の家に行って冷凍庫から鰺を持ち帰れ。少し使ってしまったが、貸し倉庫にはまだ八千万は残ってる。全部引き出して、そして、このメールを出してくれた男に、二千万ほど渡してやってくれ。そいつは、かつて俺らがハメた江川春翔《はると》って男だ。今は町田駅前のネットカフェ・クラゲの店員で、谷口《たにぐち》ゆうと、と名乗ってる。毎日、夕方六時までに俺からの連絡がないと、このメールをマモルに送ってもらう、ってことになっている。

マモル、金を持って東京を出ろ。あいつらの仕事は都会でしか成り立たない。福岡とか大阪とか都市に行かない限り、見つかることはないだろう。マモルが飛んだところで、ジョージさんにとっては一プレイヤーがいなくなっただけのことだし、ジョージさんの手前、佐藤さんはおおっぴらにお前を捜すことはできない。しかもあの人には、最初、お前の身分証を見せてはいるがコピーは渡していない。お前が八王子出身だということくらいしかあの人の記憶には残っていないだろうから、お前の身内に危害が及ぶこともない。あの人はなにかにつけても脇が甘いのさ。

マモル。

幸せになってくれ。

俺は自分の弟を、全然幸せにできなかった。

自分も金に目が眩んで、身分を売ってしまったらこのザマだ。

知り合いの先輩に誘われてこの世界に入ったが、真面目に働くのが一番だろうな。

六千万あれば、中卒のお前もなにか商売でも始められるだろう。

マモルならうまくやれる。大丈夫だ。

この金で生まれ変われ。

じゃあな。がんばれな。


タクヤ〟


玄関先で、ガタガタッと音がした。

マモルは見つめていた携帯を、慌ててデニムのポケットにしまった。

「おぉ、マモル、片付いたか」

急いでやって来たのか、佐藤さんは肩で息をしている。

「ジョージさんに捕まって、抜けられへんかった。おお。きれいなもんやんけ。どこが汚れとったんや」

言いながら、テレビの横に置かれたテディベアを見つけて、少し笑顔になった。

「ジョージさんも、マモルに謝っといてくれってゆーとったわ。手荒なマネしてすまんかった、って。これからもよろしく頼む、ってな」

テディベアを手にとって、脱いだ自分の中折れ帽に入れた。

「で、この部屋の鍵どこにある？」

マモルは黙って玄関の方を指差した。タクヤはいつも、下駄箱の上に鍵を置く。

「そうか。今日はもう施錠して、鍵をジョージさんに渡さなあかんからな」

佐藤さんは、その前に……と、ベッドルームへ行き、クローゼットを開け始めた。

タクヤの服を持ち出すつもりらしかった。大きめのブランド紙袋がクローゼットの隅に積まれている。

「ちょっと、服、運ぶわ。あと、マモル、リビングにあるタブレットと携帯電話もこの紙袋に突っ込んで。充電器も一緒に。全部持って行かなあかん」

別の大きい紙袋をマモルに渡した。

佐藤さんはハンガーにかかった服をまるで服屋の店員のように確認していく。そして好みの黒い服を見つけては、その紙袋に放り込んでいった。

後ろで見ていたマモルは、ペンキで汚れている黒いヨウジのキャップが、クローゼットの棚の上に置かれているのを見つけた。

「佐藤さん、俺、これもらっていいですか？」

「え？　帽子か。かまへん、かまへん。ものに罪はない。誰か必要な人が使《つこ》おた方がええんや。置いといても、後で入ってくるクリーニング業者に捨てられるだけやからな」

ものの十分もしないうちに、佐藤さんはタクヤの洋服を物色し終え、今度は時計やアクセサリー類を漁《あさ》り始めた。

マモルは、そっとキッチンに向かった。冷蔵庫の前に立ち、冷凍室を開けた。ラップにくるまれ、ビニール袋に入った鯵が一尾、鎮座していた。

マモルはそれをそっと取り出し、冷蔵庫の横に放り投げられていたコンビニの袋に入れる。

「なにしてんねん」

後ろから、急に佐藤さんが話しかけてきた。

心臓が跳ねる。

「いや。魚を……もらおうと」

「魚？」

「す、好きなんで」

佐藤さんは訝しげな顔をしたが、それ以上なにも聞いてはこなかった。

「さ、行こか」

佐藤さんは満足げな顔をしていた。

窓、カーテンを閉め、すべての電気を消した。

そして、下駄箱の上にあった鍵を取り、施錠した。入る時に使った鍵と合わせて佐藤さんに渡した。階段を下り、通りに出たところで佐藤さんは言った。

「じゃあマモル、また連絡するわ。前の報告じゃ、ふたりほどええお客さんおるらしいな」

マモルは「はい」と小さく返事をした。

いつもの中折れ帽を被った佐藤さんが、ゆらゆらと、大きい紙袋を両手に抱えながら、大通りに向かう道へと消えて行った。

マモルは、明日のことを考えながらタクヤの黒いキャップを被った。

そして、凍った魚の入ったコンビニ袋を片手に、ゆっくりと歩き出した。

第二章　槇原希沙良

1

夕暮れ時、渋谷駅前のスクランブル交差点は、それぞれの血が沸騰しているかのような賑《にぎ》わいだ。

希沙良《きさら》は、スターバックスのテイクアウトカウンターでアイスコーヒーをオーダーすると、定位置の〝しぶちか〟入り口の縁に、揺れるスカートを引っ掛けないようにして腰掛けた。

祭りのような喧騒を眺めながら、ストローに口をつける。

次第に人の動きの輪郭が見えてくる。ほとんどが目的のある人で、そこに向かってまっすぐ動いている。

ちょっぴりは善人がいて、多くはごく普通の人間。

しかし普通であることが一番難しいから、希沙良にとっては多くが尊敬に価する。時にそんな動きからはみ出る人間がいる。まっすぐ進む多くの人たちとは違う、少しずれた動き。人の動きの流れに乗っていないやつ。こいつらは警官か、はたまた悪いやつかのどちらかだ。

「ユウコさんですか？」

肩越しからの声に振り向くと、脂ぎったほくろの多い男の顔があった。

「ぼ、ぼく、ま、前田《まえだ》です。前田トシオ」

汗を拭うたびに、ぷんと脇の臭いがする。

「カバンに付けてる〝ふなっしー〟のキーホルダーですぐにわかりました。ほ、本当にアナウンサーの神尾《かみお》あやこさんに似てますね」

興奮気味に前田と名乗った男が話す。ＳＮＳ上での饒舌《じょうぜつ》さはそのままだが、時々言葉がつっかえる。

「初めまして。前田さん、早かったですね」

努めてゆっくりと言葉を出した。

「私も随分早く来てしまいましたけど」

前田の口元から覗く前歯の黒さに気持ち悪さを覚えたが、それを抑えて、にっこりと微笑んだ。

前田が自分に見とれていることを確認した希沙良は、今日も楽勝だな、と内心ほくそ笑む。腰を上げてセンター街の方を指差すと、男と一緒に歩き出した。

国産野菜が売りの居酒屋で、たっぷりと前田という男の話を聞いた。ビールを二杯、レモンハイを二杯。希沙良は前田にならってビールを二杯、緑茶ハイ一杯。アルコールが体のなかで作用しないのか、生まれてこのかた酒に酔ったことがない希沙良はまったくの素面《しらふ》だったが、前田は随分酔っているようだ。

前田の生い立ちはタクヤから聞いていた通りだった。両親は彼の幼少時に離婚。母が彼を引き取り、祖父母に支えられながら幼少時代を過ごす。しかし彼が小学校の頃に祖父母が相次いで亡くなり、母の収入だけでは高校へも進学できず、働きながら定時制の高校へ進学。勉強に積極的になれなかった前田は高校を卒業せず、そのまま鳶《とび》職《しょく》の手伝いや、パチンコ店の店員など、その日暮らしに近い状態でフリーターを続ける。一昨年に母も他界。父は消息不明で、母も一人っ子だったために現在は天涯孤独の身となっている。

しかもパスポートは未取得だ。結構な優良物件。

前田さん、あなた、人のお役に立てますよ。きっと。

希沙良は「写真撮っても良いですか？」という言葉とともに携帯電話を取り出すと、

一枚は前田と一緒に、一枚は前田だけをカメラに収めた。

帰る段になって、楽勝だと思った今日の仕事が難航を極めることとなった。

適当にいなしたら帰ってくれるかと思ったが、酒が入るとかなりしつこい性格になるようで、なかなか帰らない。無駄に肥え太った巨体を寄せてきて、もう一軒もう一軒と食い下がる。週末にもう一度必ず会うという約束を何度も繰り返し、ハチ公のそばに巨体を座らせると、耳元で「じゃ、週末にね」と囁き、そのまま走り去った。

あー。面倒臭いやつ。

ため息とともにモヤイ像の横を抜け、歩道橋を上る。酔っ払いとぶつかりそうになったが、素早く身をかわし、通り抜ける。

駅のホームで前田とばったり遭遇するのを避けたいので、しばらく時間を潰すことにした。

本屋で立ち読みでもするか……。

タクヤに報告ラインを打ちながら、希沙良は深夜まで開いている書店へ足を進めた。

〝今、別れました！〟

パンダがビシッと敬礼しているスタンプと、居酒屋で撮った前田の写真も一緒に送る。

〝しつこくて週末に会う約束をしてしまいました。すみません〟

今度はパンダがごめんなさい、と泣いているスタンプを添えた。

〝了解。お疲れさん。じゃあこっち来て〟

すぐさま返事が戻ってくる。タクヤはこの時間も携帯をずっと触りっぱなしなのだろう。歩道橋を、ほとんどの人が駅に向かって歩いている。希沙良は足を止め、踵を返す。書店に行くのをやめて、駅に足を向けた。

希沙良がタクヤの仕事を手伝うようになったのは、一年程前からだ。

翌週のカード引き落とし日に金が必要だった。店に前借りを申し込んだが断られ、持っているクレジットカードのキャッシングも限度額がいっぱいいっぱい。現金が欲しかった。

にっちもさっちもいかず困っていた時、同じキャバクラのキャスト仲間から声をかけられた。

「あんたなら売りじゃない簡単な仕事で、結構もらえると思うけど、やる?」

内容を聞く前に、希沙良は頷いていた。

そしてその後に付け加えた。

「人殺しと泥棒以外なら」

腕時計に目をやる。十一時を過ぎている。

希沙良は渋谷駅の改札を抜けた。

インターホンを鳴らすのを嫌がるタクヤに、ラインで家の前に着いたことを伝えた。駅から十分ほどの、小綺麗だが古い集合住宅。名前はマンションになっているがオートロックではない。この前まであった隣の古い家が取り壊されている。道にせり出していた木も一緒になくなっていて、すっきりとした印象だ。その反対側にあった二つ隣の家は取り壊されてから半年近く経つが、なにも建つ気配がない。奥にL字に大きく広がった空き地があり、今は一面に雑草が生えている。

マンションの階段を上る。部屋の前に着いた時、ちょうどガチャリと解錠する音が聞こえた。そっとノブを回しドアを開くと、タクヤの後ろ姿が見えた。ビンテージを匂わす色あせたダンガリーシャツだ。

狭い玄関はスニーカーで埋め尽くされている。希沙良は靴が重なるわずかな隙間に、ルブタンのパンプスのつま先を突っ込んだ。

「テーブル」

部屋に戻りながらタクヤが言う。

磨りガラスの扉を抜け、テーブルの上を見ると、銀行の白い封筒が無造作に置かれている。手に取り、入っている札を数える。三枚。今日は決められなかったから少ない。

「週末の約束のこと、すみません」

「あぁ。あいつ、結構酔っ払ってたみたいだな。さっきメッセンジャー送ったけどノンレスだ。きっと今頃寝こけてんだろ。夜のこの時間はほとんど五分以内にレス送ってくるくせに」

タクヤの目は、手に持った携帯から離れることはない。

「いいよ。でも次で決めてくれ」

「はい」

メッセージのやり取りでタクヤたちが把握した個人情報が事実なのか、実際に会って確かめるのが希沙良の仕事だ。食事をしながら、事前に予習した内容をさりげなく相手にぶつけていく。経済状況、家族構成、身分証の有無。タクヤからはこの三点を確認するよう指示されている。今日も二時間かけてチェック項目を潰した。あとは、

「実はいい話があって……」と話を持ちかけるだけだった。相手が乗ってきたら、「詳しい話はこの後すぐ、別の人から電話があるから」と言って別れる。別れたらタクヤに報告し、報酬をもらって完了。……のはずだったのに、前田が思いのほか酔っ払ってしまい、それどころではなくなってしまった。

できることなら一回目のデートでお金の話まで持っていくのが望ましい。これまで

は一回で決めてきたのに。あんなに酒に飲まれる男は初めてだった。今後は相手に飲ませないようにする工夫も必要かもしれない。

タクヤは奥にある革張りのソファにどっかり腰掛けると、やっと顔を上げて希沙良を見た。

「次の仕事は、そうだな。来週になるかも。今、マモルがやりとりしてるやつ、姉と二人きりらしいんだけど、揃ってバカだから、いいお客になりそうで」

「はい」

希沙良は頷く。

「ありがとうございました」

と小さく礼を言い、封筒をバッグにおさめた。短い廊下を戻り、脱いだばかりのルブタンに足を入れる。

タクヤが希沙良を追ってきた。

「俺も出るわ」

希沙良の肩に顎を乗せるような格好で、タクヤが自分のスニーカーに足を突っ込む。

「どこか行くんですか？」

「マモルに会いに。あいつ、今日なんか様子おかしいんだよな」

希沙良はタクヤに押し出されるようにドアの外に出た。

下駄箱の上の鍵を取りドアを閉め施錠したタクヤは、キーホルダーもなにも付いていない鍵をそのままデニムの尻ポケットに入れた。

「そんなとこに入れて、落とさないんですか？」

「大丈夫、落としてもスペアは置いてあるから」

そう言いながら、室外機の方を指差した。

階段を下り、マンションの入り口まで来ると、タクヤは希沙良の肩に手をかけ「じゃ」と素っ気なく言い、駅とは逆の方向へ足早に去って行った。

希沙良は、タクヤの後ろ姿に目を向けた。

ウェーブのかかった茶色い髪。ほとんど金色に近い。風でなびいたダンガリーシャツからまっすぐ伸びる細いデニム。ハイカットのコンバース。その姿だけを見たら、至って普通の青年に見える。

どうしてこんな仕事をしているのだろう。

2

一瞬の出来事だった。

駅の方に向き直り、歩き出した瞬間、希沙良は突然目の前を塞がれた。

視界を遮られ踏ん張れず、引っ張られた服と一緒にそのまま体を持って行かれた。空き地に引きずり込まれた。両足を引っ掛けられ、倒される。生い茂る植物が頬を叩いた。草の匂いがねっとりと鼻腔《びこう》に絡みつく。

目の上に貼られたテープの端を摑む。一瞬、エクステしたまつげのことが気になったが構わない。勢いよく剝ぎ取った。

目を細め、暗闇を視界に入れる。やがて目に映ったのはひとりの黒ずくめの女だった。

黒のパーカーを頭からかぶったサングラス姿。黒のなかから浮かび上がる白い肌。真っ赤なルージュが引かれた唇。

黒い袋に入った長い棒のようなものを手にしている。竹刀よりは短い。野球のバットか。女はその棒をバッターのように振りかぶると、希沙良の頭めがけて振ってきた。避《よ》ける。頰をかすめる。次の瞬間には横っ腹に一撃が入った。

「あんた誰」

と言ったつもりが、息がつまって声にならない。黒い女は黙ったまま、なおも希沙良に向かってやたらめったらに棒を振り回して攻撃してくる。だめだ。抵抗しないとやられる。

顔に向かってきた棒が、今度はちゃんとヒットした。視界が揺らぐ。次の一撃は左肩に当たった。ぐらつく視界の端に黒髪のボブが見えた。被っていたフードがずれている。

手で頭を防御する。腕を殴られるが女の勢いが弱くなってきた。息が上がっている。

こいつ実は弱いかも。

女を蹴る。軸足に力が入らず、大腿部を右足がかすっただけだったが、女は体勢を崩して後ろへよろけた。続けて腹部めがけて蹴ってみた。パンプスが脱げて裸足になっているので、威力はないが一撃が入る。もう一度蹴る。女の髪を摑んで拳で顔を殴る。

隙《すき》をつき、希沙良は女が持っていた棒を奪った。

そして思いっきり振りかぶり、高い位置へ狙いを定め、女の頭めがけて振りきる。

こめかみに当たった。

鈍い音が響いた。

希沙良はそれを片方の視界に捉える。いつの間にか左目しか見えなくなっていた。

血が右目を覆っているようだ。

女が草むらに倒れた。

希沙良のひどくはげしい息遣いが辺りに響いていた。右目を指で拭う。

まずい。殺してしまったかもしれない。棒から伝わってきた頭がい骨の感触がまだ手に残っている。握り締めたままの棒を思わず草むらに放り投げた。

息を整えて、転がった女を蹴ってみる。動かない。

足に痛みを感じた。肌色のパンストはつま先が破れ、足の爪に土がめり込んでいる。

肩からずり落ちたショルダーバッグは草のなかに埋もれていた。

女の黒髪を摑んで持ち上げてみる。べっとりと濡れた感触が手を伝った。血だ。

もう片方の手で女のサングラスを外してみる。まったく見覚えのない女だ。目を閉じているのでわかりにくいが、キャバクラのキャスト仲間や昼の仕事で会った人間ではなさそうだ。

指でまぶたを開いてみる。出てくるのは白目だけで体はピクリとも動かない。呼吸も聞こえない。

希沙良は女のパーカーとキャミソールを脱がせた。黒いブラジャーを外すと、細身の体軀に小ぶりな乳房が現れ、月明かりを受けた白い肌が光った。

続いてパンツとショーツも脱がせ、着ていた服を全て剝ぎ取った。女のサングラスをバッグのなかにしまい、真っ裸の女を草むらに転がすと、袋に入ったままの棒と丸めた服を手に持ち、その場を後にした。

心臓の鼓動が収まらない。深夜に服を抱え、棒を片手に歩く女なんて怪しすぎる。ここで警官に声をかけられたらおしまいだ。

幸いまだ通行人には出くわしていないが、視界が悪い。

そうだ、顔。

出血していたことを思い出した。手に持ったパーカーで額の血を拭き、視界をクリアにした。右側に小さな公園があるのが見えた。希沙良は迷わずその公園に足を踏み入れ、奥の白い壁のトイレに入った。

くすんで見えにくい鏡を覗き込むと、眉《まゆ》の上あたりがぱっくり割れていた。トイレットペーパーを拝借し、血を抑え込む。些細な動作にも、節々が痛み顔が歪んだ。バッグからファンデーションを取り出し、止血した上からスポンジで押さえると、一見、なにもないようにカバーできた。しかし、いつまた血が出るかわからない。手ぐしで巻き髪を整え、服についた土を払った。女の下着類はバッグに押し込み、残りはパーカーで包《くる》むようにまとめ、血が付いたところを隠して持ち直す。

暗がりの公園を後にした。

3

希沙良は、いつの間にか自分が眠っていたことに気づいた。

公園を出た後、通りに出てタクシーを拾った。足がつくのを警戒して、家の百メートル手前くらいでタクシーを降りた。

乗車した西新宿から自宅のある代々木上原までの、わずかな時間の間にも、体の節々や傷口が痛んで仕方なかったが、なんとか平静を装った。

押し入るようにドアを開け部屋に入り、ずっと抱えていた女の服と棒をリビングのラグの上にぶちまけた。ずっしり重いパーカーには女の持ち物が入っているようだったので、所持品を確認しようとしたところで記憶が途切れた。ソファに倒れこみ、そのまま気を失ってしまったのだろう。

目覚めると、部屋のなかは熱気がこもっていて、額と首は汗でびっしょり濡れていた。

テレビの横に置かれたデジタル時計を見る。

もうすぐ朝の四時だ。

ガラステーブルの上に置かれたリモコンを手に取った。エアコンのスイッチをオンにし、着ていたブラウスとスカートを脱ぐ。顔の痛みは引いてきているが、左の肩が痛い。

裸のまま洗面所の鏡で傷を確認する。ひどい顔だ。目の上には茶色いかさぶたがまだらにできていた。滲み出た血がファンデーションと混じり合って乾燥したようだ。左肩は赤紫色に変色している。骨は折れてなさそうだが、少し動かすだけで激痛が襲ってくる。

小鳥たちが鳴き始めた。

希沙良はクレンジングシートで傷口以外の化粧を拭き取り、髪を束ねた。そのままバスルームに入りシャワーを浴びる。疲れ切った体は悲鳴を上げて休息を求めていたが、頭はビンビンに冴《さ》えていた。

バスローブを羽織り、ラグの上にぶちまけた女の服をチェックする。

デニムのポケットからは一万円札一枚、千円札二枚、百円玉と十円玉の小銭がいくつか。

黒パーカーのジッパーポケットには、液晶画面が割れたアイフォンと十字架のマークがついた赤いアーミーナイフが入っていた。アイフォンに触れると、何とかタッチを読み取って動き始めた。ロック画面には、紫と黄色の丸い石の写真が設定されている。六桁の番号をでたらめにタップしてみるが当然あたらず、ロックは解除できなかった。

もう片方のポケットには、セブンイレブンの領収書。阿佐ヶ谷店とある。それと一緒に折りたたまれたメモ。ボールペンで住所が書かれている。

新・西新宿8—××—× サンライツマンション203

希沙良はその住所を見つめながら、しばらく考えた。

バッグのなかから自分の携帯電話を取り出した。くそ。バッテリー切れで落ちている。

充電器に繋ぎ、しばらく待って電話を立ち上げる。

誰からも連絡は入っていなかった。

あの女はタクヤとなにか関係があるのだろうか。それにしてもなぜ自分を襲ったのか。あの女？　いや。タクヤは女がいると面倒だから、特定の恋人を作らない主義だ。

紙に書かれていたのはタクヤの住所だった。

あの女を殺してしまったかもしれないことを、電話してタクヤに相談するべきかどうか。

タクヤを信用していいものかどうか。

携帯電話を見つめる。

いずれにせよこの時間にかけても無駄か。あの後マモルのところに行くと言っていた。今頃は酔っ払って眠ってしまっているだろう。

どちらにしても今動いても無駄だ。

興奮した頭を鎮《しず》めるために、棚からアスピリンを取り、一錠をミネラルウォーターで流し込んだ。そして無理やり目を閉じると、ベッドに横になった。

4

希沙良は目覚めてすぐにテレビをつけた。

すでにテンションの高い情報番組が始まっていた。

ベッドサイドのアイパッドでネットニュースを検索する。どこにもそれらしいニュースはない。裸で転がしておいたから、身元が判明するまでに少しは時間がかかるだろうが、発見されるのは時間の問題だ。

人を殺してしまったのだろうか……。

いや、死んだと思ったのは気のせいで、生きているかもしれない。

どうしてあの女は自分を襲ってきたのか。

意味がわからない。

あれは正当防衛だ。あの状態ではああするしか方法はなかった。

だが警察に行くわけにはいかない。

警察に出頭したら最後、絶対に自分が不利になるだろう。

「どうしてすぐに救急車を呼ばなかったんですか」

「女性は知っている方ですか」

「どうしてあの時間にあそこにいたのですか」

「会っていたというご友人の名前は？」

想像するときりがない。

しかもなにかの弾みで、実家の親に連絡が行くようなことだけは避けたかった。小さい頃から親に心配などかけたことがないのだ。だから借金のことも、親に頼らず自分で解決しようとしているのだ。そのせいでこんな目に遭っているのだが——。

迷ったがタクヤの電話を鳴らしてみた。いつもの連絡はほとんどがラインなので、たまに電話を入れる時は緊急事態と思うのか、数コールで出てくれる。

——はずだが、電話は十コールほどして、留守番電話に切り替わった。すぐに切る。

その瞬間、黒電話風の呼び出し音が鳴った。手元にある希沙良の携帯には何の変化もない。

あの女の携帯だ。丸めた黒い服の上のアイフォンを取り、割れて見にくい液晶画面を覗き込む。

公衆電話からだ。十秒ほどコールした後音は止まり、また紫色の石の画面にロックされた。

女が携帯を捜しているのだろうか。

つけっぱなしにしているテレビの画面に目をやりながら、出かける支度を始めた。

この顔をどうにかして化粧でカバーしなくてはならない。

髪を軽く巻いてひとつに束ね、傷をコンシーラーでなんとか隠した。オフホワイトの麻のシャツをクローゼットから選び、ハイウエストの細身デニムに足を通すと、昨夜持っていたバッグごと、大きめのトートバッグにぶち込んだ。

ラグの上から現金だけを集め、自分の財布にしまった。女の携帯電話を手にする。少し考えたが、それもトートバッグに入れた。

部屋を出てマンションの地下に行く。立体駐車場で愛車のゴルフを呼び出し、急いで恵比寿にあるスタジオへと向かった。

到着すると、どこからかスタジオマンが現れて荷物を持ってくれた。ガーデンプレイスから南に行ったわかりにくい場所にあるが、スタッフが気が利くのがこのスタジオの取り柄だ。

制作会社の名前と撮影案件名を伝えた。

モデルが到着するのは十二時。

スタジオ階を確認し控え室に入ると、すでに運ばれているスーツケースを横に倒し、ヘアメイク道具を取り出した。

携帯を確認するが、タクヤからの折り返しはまだない。

「槇原《まきはら》さん、おはようございます」

振り返ると、ぽっちゃりした輪郭に人懐っこいタレ目の、いつもの制作担当者の顔があった。

担当者は希沙良のそばまで寄ってくると、声を潜《ひそ》めて耳元で言った。

「モデルさん十二時入りですが、例の代理店さん、もう来てますよ。今、外で電話してますけど」

「あの人？」

「はい。あの天パの」

担当者が口元を歪めた。

面倒臭い。希沙良は思わずつぶやいた。天中殺《てんちゅうさつ》か。今日は天パではないはずなのに。

雑誌やテレビの撮影とは違い、広告やテレビCMでは撮影の仕上がりをその場でひとつひとつ確認するために、必ず代理店とクライアントの人間が立ち会う。天パは代理店の人間である。もちろんクライアントが来る前にスタジオ入りしなくてはならないが、ヘアメイクやスタイリストといったスタッフより早い時間に入る必要はない。

今日は〝インフォマ〟と呼ばれる、企業系のインフォメーション・コマーシャルの撮影だった。テレビCMなどより予算も少なく、スタッフの数もモデルのグレードもそこそこではあるのだが、逆にそのせいで代理店の天パはやりたい放題だった。

前回、同じ類《たぐい》の撮影で、ヘアメイク室に入り浸っていた天パは希沙良にしつこく誘いをかけてきた。神尾あやこという最近人気の女子アナウンサーと似ているこの顔がタイプらしい。

しかも、希沙良がキャバクラでバイトしていることも嗅ぎつけていて、余計にたちが悪かった。皆で飲みに行こうとうるさかったので、断るのも面倒になり承諾した。いざ集合場所に行ってみると、集まったのは天パと希沙良だけだった。帰り際、酔っ払って調子に乗った天パは、送って行くと希沙良の手を取った。強く引っ張り、閉店した店のシャッター前の暗がりでキスしようとした。

引っ張られてバランスを崩しかけ、シャッターに背中が当たった。天パの硬い髪が希沙良の頬をかすめた瞬間、思わず横っ面を張った。左手で天パの前髪を額から摑み、「気持ち悪いんだよ」と罵声を浴びせた。

しまったとは思ったが、後の祭りだ。そのまま左手を離して天パを突き飛ばし、一度も振り返らず走り去った。

疲れた体に疲れた記憶……。

ついたため息と一緒に、車のトランクにストックのコットンを忘れたことを思い出し、スタジオ横の駐車場に停めてある車へと向かった。

隣接する建物の一階、白いコンクリートに囲まれた二台分の駐車スペースに希沙良の車がある。隣のスペースは空いていた。

近づいていくと、車の向こう側にうずくまる人影が見えた。

希沙良の気配に気づいたのか、人影が立ち上がり振り向いた。

黒のボブにサングラス。赤い口紅。

こっちを向いて突っ立っているその人物は、昨日の女だった。

5

「やっぱりな」

女がつぶやいた。

希沙良は安堵《あんど》感と恐怖心という、相反するものが心中に湧き上がるのを感じた。

殺人犯にならずに済んだ。女が思いのほか頑丈だったことに感謝せざるを得ない。

一方でどうしてここがわかったのだろうかという懸念が脳内を駆け巡る。

ずっとつけられていたのだろうか。

――いや、アイフォンだ。

なんで気づかなかったんだろう。「アイフォンを探す」機能さえオンにしておけば、

GPSでどこにあるかをすぐに探し出すことができる。

女が車の前方に動いた。手になにか小さな黒いものを持っている。希沙良にそれを向けた。スプレー缶のようなものからオレンジ色の液体が噴き出る。

避けようと身をかわしたが、それは希沙良の髪から額、白いシャツの右肩を濡らした。

催涙スプレーだ。数年前、帰宅途中に男に襲われそうになったことがあり、護身用に持っていた時期がある。

痛い！

目を開けていられない。額と目を中心に顔全体がひりつき、数秒後、それは激痛に変わった。

希沙良は思わず膝を折った。

「痛い！」

今度は声に出した。

言ったと同時に背中を蹴られ、前につんのめった。手を後ろに回され、手首を拘束された。

手に持っていた車のキーが地面に落ちる。ガチャリと車のロックを解錠する音が聞こえ、女の華奢《きゃしゃ》な手が希沙良の脇に差し込まれ、体を持ち上げようとした。

「なにすんのよ」

逃げようと立ち上がったところを、今度は腹を蹴られ、車の助手席に放り込まれた。

「誰かーっ」

希沙良は声を上げる。だがすぐに布が口に突っ込まれた。思わずえずき、息をするのもままならない。顔は止まらない涙と鼻水でぐちゃぐちゃになっている。

女が運転席に乗り込む。車のエンジンがかかった。

顔の激痛は治まる気配を一向にみせず、むしろ増すばかりだ。わずかに開くことができた左目に、スタジオマンが車に駆け寄ろうとしている姿が映った。

車が発進する。シートベルト未装着の警告音を無視して女は駐車場から車道へと荒々しくハンドルを切った。路肩の段差で車体が跳ねる。希沙良はダッシュボードに顔から突っ込みそうになるのを体をひねってかろうじて防いだ。女に殴打された左肩に衝撃が走る。しまった。右側をひねればよかった。あまりの痛みに気が遠くなる。

信号で車が止まると、女は希沙良の体をシートに押し戻し、ベルトをセットした。ようやく警告音が止んだ。

車は白金トンネルを抜け、Uターンすると首都高へと上っていった。

ようやく痛みに慣れてきた。胸の鼓動も落ち着いてきた。冷静さを取り戻したところで、口にかまされていた布が緩《ゆる》んでいることに気づく。希沙良は布を勢いよく吐き出した。途端に呼吸が楽になる。酸素が脳に染み渡っていくのを感じる。右目の視界もうっすらと戻ってきた。しかし、開けようとすると痛さが目にしみる。目は閉じて、口を開いた。

「あんた、いったい誰？」

沈黙。

「さっき一瞬しゃべってたよね。しゃべれるんだよね」

沈黙。女は口を開かない。

「答えなさいよ」

女は希沙良の顔を一瞥した。

「怖い顔してるとしわ、増えるよ」

「うるさい。あんたに言われたくないわ」

希沙良は拘束された両手首に痛みを感じた。外して欲しいが当然無理だろう。鬱血《うっけつ》しないように手首を少し動かした。

「あんたさ。タクヤとなんの繋がり？　タクヤの女？」

「あの男に聞きたいことがあるだけ」

女が答える。

「聞きたいこと？　じゃあ勝手に聞けばいいでしょ。言っとくけど、あたしはあいつの女でも何でもないから。なんだか知んないけど、巻き込まないで欲しいんだよね」

「巻き込まないで欲しい、だって？」

女の声が突然大きくなった。

手に力が入ったのか、ハンドルがぶれて車が揺れる。

「どの口でそんなこと言えるんだよ」

横を走る車から激しくクラクションを鳴らされた。

「あんたたちこそ、いったいなにやってんだよ。人の身分売り買いして、なに様なの。自分たちのやってること自覚してんの」

女は前を見据えたまま、歯を食いしばり、ハンドルを何度か叩いた。

「こっちこそ、巻き込まないで欲しかった」

女は車を右車線に入れ、アクセルを強く踏み込んだ。

6

なぜこの女は、私たちがやっていることを知っているのか。タクヤとは繋がりがないという。まさか、マモルが裏切ったのだろうか。そんなことしそうな男には見えなかった。タクヤとは対極のおとなしそうな雰囲気だったし――。

嗚咽《おえつ》が聞こえる。女が肩を震わせていた。めちゃくちゃなことをする女が、なぜか泣いている。サングラスの下から光るものが流れている。

ひとしきり涙を流した後、女が再び口を開く。

「あんたたち、はるとをどこにやったんだよ」

はると……?

なんのことだ。

「えがわはると! それで思い出す?」

希沙良は記憶を手繰《たぐ》り寄せる。

ああ。あいつか。

去年の暮れだったか、タクヤの依頼でデートした男だ。目がくりっとしておとなし

そうな、チワワに似た男。

変わった生い立ちだったので、よく覚えている。

父親が大きな屋敷のお抱え運転手をやっていて、ひとりっ子の春翔は両親と一緒に

その屋敷の離れに住んでいた。春翔が十歳の時、その家の主人が無理心中を図った。

営んでいた事業の失敗を苦にしてのことだった。妻を刺し殺し、一歳の娘を窒息死さ

せたのだが、上の娘はその時、学校行事で外泊していたために難を逃れた。当時は新

聞やニュースにも取り上げられたらしいが、すぐに忘れ去られた。

江川家は転居せざるを得なくなり、その後、春翔の父親はタクシーの運転手となった。しかし、仕事が合わなかったのか、四十代半ばにして突然脳卒中で倒れ、妻子を残しこの世を去った。わずか二年後、母親も昔から患《わずら》っていた心臓の病気で夫の後を追うように他界した。

父母ともにひとりっ子で、母方の祖母以外の親族は他界しており、その祖母とも一度も会ったことがないという春翔は、天涯孤独の身となった。

車は首都高目黒線を走り、環状線外回りを通って新宿線へと抜ける。女は迷うことなく新宿出口を降りた。

四車線ある大きな道をまっすぐ進むと、新宿中央公園の鬱蒼《うっそう》とした木々が目に飛び込んでくる。

車が路側帯に止まった。涙を流すだけ流し、ようやく希沙良の視界もクリアになっていた。

女は体ごと希沙良の方を向き、希沙良の右肩を摑んで聞いた。

「あんた。本当にアイコって名前なの？」

希沙良は改めて女の顔を見た。昨夜の暗がりではよくわからなかったが、若い。まだ二十代前半といったところだ。

「アイコって誰?」

　とぼけておく。

「あんた、本当に腐った女だな」

「あんたこそなに者。江川春翔の女?」

　透けて見えるサングラスの奥の瞳が希沙良を睨《にら》んでいる。

「春翔に最後に会ったのが二年前の十二月」

　それがどうしたというのだ。

「次に会ったのは二ヶ月前」

「二ヶ月前……?」

　どこかでクラクションが鳴った。

「あんたわかってんでしょ。その意味」

　女が眉間のしわを深くした。

「私は江川春翔に会いに行った。でも、それはまったく違う男だった」

　希沙良は女の顔を見た。赤いリップが下唇の端からはみ出している。サングラスの下のメイクもきっとさっきの涙でぐちゃぐちゃのはずだ。

　女が二ヶ月前に会った、というのはきっと江川春翔の身分を買った、新しい江川春翔だ。

「あんた、よく調べたね。詳しいことは知らないけど、江川春翔も自分の身分、売ったんだね」

「やっぱりあんたが〝アイコ〟なのね」

「私は頼まれてあの男に会っただけ。その後はどうなったか知らない」

徐々に思い出してきた。

希沙良がいつものパターンで、実際に男に会って話をすると、タクヤから聞いていた通り、子供を亡くし、離婚して寂しい毎日を送っていると言った。

夜に仕事はしているがいい仕事があったら転職したいのだと言う。希沙良が重ねて聞いていくと、実はちょっとしたギャンブルが原因で金に困っていることがわかった。

希沙良はタクヤにそれを報告した。

その後のことは希沙良の範疇《はんちゅう》ではない。結果を聞くこともなければ、報告されることもない。

女が希沙良を再び睨む。

「でも、それで江川春翔もまとまったお金を手にしてるんだから、今頃どっかでよろしくやってるんじゃないの？　心配しなくても大丈夫じゃない。大人なんだし」

女の眉が吊り上がる。

「あんたさ。なにのんきなこと言ってんのよ。あいつらがちゃんと金払うと思ってんの？　んなわけないでしょ。仮に払ってたとしても、売った方は身分も戸籍もなにもなくなるんだよ。つまりこの世の中から抹消されるんだよ。存在が。そしたらどうなると思ってんの？」

希沙良は視線を下げた。

確かに、売った人間はその後どうなるんだろう。免許証、パスポート、保険証。自分の身分を証明するものがなくなるのだ。身分証を必要とする就職や引越し、海外旅行などもできないということか。

結婚もできず、死んでも、死亡届も出せないということだ。

「どんな能天気な頭だよ」

女は捨て台詞《ぜりふ》のようにそう言うと、車を乱暴に発進させた。

車はタクヤが住む西新宿のマンションの前で止まった。

フロントガラスの向こうに、空き地の草むらが目に入った。昨夜一戦交えたばかりの場所に戻ってきた。

「偽アイコ、あんた今、携帯持ってる？」

「パンツのポケット」

希沙良は渋々答えた。

結束バンドが食い込み、手首が鬱血しているのを感じる。目の痛みは和《やわ》らいできたが、反比例するように手首の痛みが増してきた。

「パスワード」

「手首、外してくんないかな」

女はポケットから小型のナイフを取り出した。

「パスワード！」

聞く耳を持たない女に希沙良はまた渋々パスワードを告げる。

しばらく女は携帯の画面を食い入るように見ていた。

車の横を、犬を連れたくたびれた老人が通る。犬は暑さで長い舌を出し、激しく呼吸をしている。体温を下げるのに必死だ。

希沙良は異常事態にもかかわらず、寝不足で気が遠くなりかけていた。

「あんた、槇原希沙良が本名なんだね。あのマンションに住んでる男がタクヤ」

視線を逸《そ》らした。

「ねぇ、あんた、いったいなにがしたいの」

希沙良は言った。

女は携帯の画面から顔を上げた。

「復讐」

ひとこと言い放つと、女は希沙良の携帯を自分の服の胸ポケットにしまった。

「私にとっては、この世でたったひとりの身内がいなくなったんだよ。信じたくないけど、あんたたちが消したんだ。あんたはなにも知らなかったとか、おめでたいこと言うかもしれないけど、現実なんだよ」

女は希沙良の瞳のすぐ前にナイフを突きつけた。

「悪いけど、付き合ってもらう。あんただって、どうせやましいことしてるのはわかってんでしょ。タクヤってやつにどうしても聞きたいことがあるから。あと、逃げようとしたら、ただじゃ済まないから」

女は視線を逸らさず、突きつけたナイフを希沙良の目の前から外した。

「あんた、借金で大変そうじゃん」

はみ出た赤をまとった唇が、憎々しげに言う。

「ちょっと」

希沙良は瞳に力を込めた。

携帯電話ひとつあれば、個人的な情報はほとんど引き出せる。ライン、メール、着発信履歴からスケジュールまで、だだ漏れだ。

希沙良の息が上がった。女を睨みつける。

「金のためならなんでもやる、ってわけか。ざけんな」

女は希沙良を車から降ろし、タクヤの部屋に案内しろと言った。

くっきりと硬そうな雲が空に浮かんでいる。

女に押されるようにして、希沙良は階段を上る。

今まで気になったことはないが、今日は外にある室外機がうんうん唸っている。

希沙良の後ろ手を持ったまま、女は希沙良の携帯で電話をかける。しばらく待つが応答がないようだ。

「あんたの電話にはもう出ないの？　こいつ」

女は携帯をポケットにしまいドアのノブに手をかけた。回すと、ドアはロックされている。

「室外機動いてるし、なかにいるんでしょ、タクヤってやつ」

女が希沙良を一瞥して、今度はドアを叩き始めた。

しかし、あまり大きな音を立てて騒ぐとまずいと思ったのか、しばらくして手を止めると希沙良に言った。

「どっかにスペアキーとかないわけ？　郵便受けとかにでも」

「あっ……」

希沙良は昨夜のことを思い出し、思わず視線を室外機の方に向けてしまった。女の視線も希沙良と同じ場所に向けられた。

女は馬鹿にしたように希沙良にそう言うと、室外機の下に手を滑らせた。そして鍵を見つけ出した。

女は鍵を差し込み、解錠すると、ゆっくりとドアノブを回した。

ドアの隙間からエアコンの冷気とともに、生ぐさい臭いが流れてきた。

「あんた。面白いね」

「タクヤ？」

希沙良が呼びかける。

返事はない。昨夜と変わらずたくさんのスニーカーがひしめいている。ふたりとも靴を履いたまま、短い廊下を進む。リビングに繋がる白い磨りガラスの扉が半開きだ。

希沙良は足先でそれを蹴るように押してみる。

思わぬ力が入り、扉が壁に当たって音が上がった。

扉が開ききったその先にあったは、血だらけのタクヤの姿だった。

「ひっ」

希沙良と女の短い悲鳴が重なった。

黒いソファの上にどっかりと腰掛け、一見リラックスしているかのように見える。

しかし、昨夜と同じダンガリーシャツと白いTシャツには胸から腹にかけて、血が滲《にじ》み出て、飛び散っている。血はソファを伝って、毛足の短い白いカーペットの上にも及んでいる。

なによりも異様なのはその顔だ。それを認識するのに時間がかかった。両目が黒い窪みになっていて、そこから血が幾筋も垂れている。

眼球がなくなっていた。

タクヤはぴくりともしない。死んでいるのだろうか。

どうしてこんなことになったのだろう。

それに加えて胸と腹の血はまさか内臓も……、と思ったがさすがに確かめる勇気は出なかった。血の臭いとその凄惨な姿に、吐き気を催した。

だが希沙良は、変わり果てたタクヤの姿から目を逸らせないでいた。

どこか遠くからクラクションの音が聞こえた。

7

「せっかく見つけたのに……」

隣で女がつぶやいた。

女は持っていたナイフで、希沙良の手首に巻いた結束バンドを切った。

「あんた、どうする？　私は逃げる。なにもやってないのに、巻き込まれるのはごめんだから。悪いけど車、借りるよ」

そのまま素早くドアの方に向き直り、女は部屋を後にした。

希沙良も同じ考えだ。なにもやっていないのに、このままここにいて、事件の関係者扱いされることだけは避けたい。一刻も早く立ち去るべきだろう。

希沙良は女の後を追った。車のエンジンがちょうどかかったところだった。

素早く助手席に乗り込む。ロックされていなくてよかった。

「早く出して」

希沙良がそう言うと女がこちらを睨んだ。

女の額に汗が光っている。ものの数分の停車だったにもかかわらず、車のなかには熱気が充満していた。

「言われなくても出すわ」

女が車を発進させる。女越しに黒い車が動いているのが見えた。車はエントランス前に停まった。

細い道から公園通りを抜け、そして甲州街道へ出た。車はひたすら西へ進んだ。

さっき見た光景が脳裏から離れない。しばらくの間、ふたりが言葉を発することはなかった。

「ねえ、あのタクヤって男があんなことになったの、どうしてかわかる？」

不意に女が言った。

希沙良は首を横に振った。

「自業自得なんだろうね。あの男は」

と言って、女がため息をついた。

西新宿のマンションを出てから三十分ほどが経過していた。車は調布へさしかかろうとしている。

環八の手前、首都高の下を走り抜けるルートを外れてからは、甲州街道は急に緑豊かになる。夏の鬱蒼とした木々に囲まれた道をひたすら走っていると、さっきの光景がまるで夢のように思えてくる。

車が信号で止まった。発進する時のタイミングが遅れた。これで二度目だ。

女の様子がおかしい。

「どこに向かってんの？」

希沙良は訊《たず》ねた。

「考えてない」

女は素っ気なくそう言うと、大きなスタジアムを過ぎたところで右折ウインカーを点滅させた。ファミリーレストランなどが入る商業施設の駐車場だ。

車を停めた瞬間、女は顔をしかめた。

「ねえ。悪いけど……」

その言葉を最後にハンドルにつっ伏した。

気を失ったようだった。

女の体を起こして揺さぶってみるが反応しない。

希沙良は車を降り、苦戦しながら女をなんとか助手席へ座らせて、運転席に乗り込んだ。

まずい。左肩がまたさらに激しく痛む。サングラスを外すと、女は白目をむいていた。

昨夜思いきりこめかみを殴った影響が今頃出ているのかもしれない。

希沙良はエンジンをかけ、甲州街道に出ると元来た道を戻り、上り車線を走った。

信号待ちの間、女のポケットから取り返した携帯電話の液晶画面をチェックすると、

尋常ではない数の受信表示で埋め尽くされていた。

そりゃ心配するよな。

催涙スプレーで襲われてスタジオから連れ去られたんだから。

どう言い訳をするか。

まぁいい。また後で考えよう。

しばらく車を走らせると、左手に救急病院の表示を見つけた。ウインカーを出し、

病院の車寄せに停車した。

慌てた様子を装って受付に走った。女の状態を告げると、病院のスタッフがすぐに

ストレッチャーを用意して車に向かった。

女は処置室へと運ばれた。

その光景をぼんやりと眺めていた希沙良に、受付の女性が近づいてきた。

「あなたは患者さんの？」という問いに、少し考えた後、「友人です」と答えた。

女の背負っていた黒いリュックを取りに車に戻った。催涙スプレーと果物ナイフは取り出して助手席に置いておく。

リュック片手に待合室に戻ると、受付の女性が紙とペンを挟んだクリップボードを希沙良に差し出した。

「処置を受けられているご友人のお名前をお願いします。ご住所や生年月日はわかる範囲で良いですから」

人気《ひとけ》の少ないロビー。

薄青いベンチシートに腰掛けた。

ペンを握り、〝名前（なまえ）〟と書かれた一番上にある大きめの空欄を、希沙良はしばらく見つめていた。

書くべきことをなにも知らない。

迷ったがベンチシートに置いたリュックの上にそっとクリップボードとペンを置いた。

希沙良は車へと戻った。

エンジンをかけ、バックミラーで病院の入り口を一瞥する。
女が着けていたサングラスをかけた。
ひとつ、大きな深呼吸をすると、都内に向けて車を発進させた。

第三章　江川春翔

1

無表情な男たちが、またこっちを見ている。

多くの客が退店する朝の繁忙時間を迎えたネットカフェ。そのカウンターのなかに江川春翔《えがわはると》は立っていた。

男たちは一様に感情の欠落した温度のない顔をしていた。それでいて太い視線だけは異様な圧力を持ってこちらに迫ってくる。

手先がどういうわけか冷たい。手に持った携帯電話をうっかり落としそうになり、慌てて掴み直した。寝不足で頭が朦朧としている。

スタッフ通用口のドア裏に貼られた、指名手配犯のポスター。

毒々しい赤や、禍々《まがまが》しい黄色のなかに男たちの顔が並んでいる。

殺人放火犯、強盗傷人犯、出資詐欺犯、過激派テロリストなど、罪状はさまざまだが、なぜか共通している重たい視線で春翔を見る。

この男たちは、無表情な目の奥に秘密を隠し、今も日本の、世界のどこかにじっと隠れているのだ。

容姿を変え、名前も変えて、どこかで生まれ変わっているのか。それとも人目につかないところで、ひっそりと匿《かくま》われているのか。

この時間、この瞬間、地球のどこかの片隅で、今の自分と同じように息を吸って、そして吐いて、吸って、吐いて、吸って、吐いて、吸って……。

「谷口《たにぐち》さん」

出勤してきたアルバイトの中瀬《なかせ》みなみが、いつもの鼻にかかった声で春翔を呼んだ。

春翔は我に返って、いまだに慣れない呼び名に鈍《にぶ》い反応を示した。

常連客が忘れていった携帯電話がカウンターの上で騒がしく跳ね震えていた。春翔は携帯を摑んだ。

「そのガラケー、貸してください」

少しイラついた声で言うと、みなみは半ば奪うように春翔の手からそれを取った。毒々しいピンク色の爪が目に入る。

みなみは奪った二つ折りの携帯電話を開く。液晶画面は着信表示でいっぱいだ。持ち主が何度もかけているのかもしれない。

みなみは他の客に聞こえないように声のトーンを小さくして、しかし興奮気味に話す。

「なんかもう、うざいんですよ、あのお客。これ忘れていったのだって、絶対わざとですから」

春翔は曖昧《あいまい》に頷いた。

「この前なんか、モニターの調子悪いから見に来てくれないか、っていうからブースに行ったら、昼間なのに大画面にAV流してるし。完全にセクハラでしょ。その前だって、飲み物こぼしたって言ってくるから、行けば半裸だし、変な臭いするし。あぁ、気持ち悪い！　ダメだ。この携帯、触るのも気持ち悪くなってきた」

みなみは一気にそう言い、手にしたガラケーを汚物でも扱うように指先でつまんでカウンターの上に放った。

「みなみさん、物を投げないでください」

いつの間にか受付に立っていたスタッフの相澤恭子《あいざわきょうこ》が、たしなめるように言った。身を乗り出して携帯を手で拾い上げる。春翔の鼻先に、恭子の束ねていない黒髪からふわりとリンスの匂いが広がった。

「だって」

みなみは子供のように口を尖《とが》らせる。

「まぁ確かに。あのお客様は要注意です。個室から呼び出されるようなことがあっても、谷口さんやバイト長などの男性が伺った方が良いと思います」

恭子は、この店の言わば〝正義〟のようなスタッフだ。ここへ来る前はある有名IT企業の総合職だったらしい。春翔は、恭子がいたからこの店で働き続けられている、と思っている。

春翔が、町田駅近くの漫画&インターネットカフェ・クラゲで働き出して、すでに半年以上が経過していた。

最初は慣れない業務についていけるか不安だったが、個人経営店のオープニングスタッフとして入れたことが幸いした。今までのしきたりやしがらみを気にする必要がなかったので、なんとか業務をこなしてこれた。

オーナーは他に仕事を持っているのでなかなか店に顔を出さない。以前同じ形態のネットカフェで働いた経験があるからと、木村《きむら》という三十代の男をバイト長に任命しているが、この男がなかなかずる賢く、仕事は二の次で賭け事に夢中、隙あらばさぼろうとする食わせ者だった。

そんななか、皆を支えているのが恭子だ。オープン前から、業務表やシフト表の作成、備品の手配など、本来ならばバイト長がやるべき仕事を当たり前のようにテキパキとこなしていった。彼女が最初のルール作りをきちんとやってくれたおかげで、未経験の春翔や他のスタッフもスムーズに業務を覚えることができた。そういう意味で春翔は恭子に感謝していた。

春翔はカウンターの下からジップロックを取り出し、ガラケーを放り込んだ。袋の表にマジックでその客の名前を書いた。一応、名前の後にスペースを空けて〝様〟を付けておく。いくら変なやつでも客は客だ。

「みなみさん、シャワールームの掃除、お願いします。私モーニングをセットしてきますから」

「はーい」

みなみは、爪と同じピンク色の唇から鈍い返事を発すると、掃除セットを片手にカウンターを出た。

店が一番忙しいのが、これから迎える朝時間だ。一斉に退店する深夜来店組の後片付けに加えて、朝だけサービスしている軽食の準備に追われる。なので、朝の八時から九時までは深夜勤と日勤のスタッフが一時間重なるようにシフトが組まれている。

モーニングは、トーストにマーガリンを塗って、目玉焼きを乗せた簡単なものだが、これが案外リクエストが入る。コーヒーなどのドリンクは通常のサービスで無料だ。客が勝手に自分で入れてくれるので気にする必要はない。しかしモーニングはスタッフがいちいち準備しなければならないので面倒だ。トースターにパンを入れ、天面にある天板皿に卵をひとつ落とし、ひと皿ひと皿作らなければいけないのだ。

ゆで卵でもいいと思うのだが、そこがオーナーの変なこだわりらしい。この為にフライパン機能が付いたトースターをわざわざ購入してきた。

春翔が二名の客の退店受付をしたところで、シャワーブースからみなみが戻ってきた。

行った時よりもすごい形相で、眉間にしわを寄せている。春翔の顔を見るなり、口を大きく開けて「ゲローーー!!」と声を出さずに叫んだ。

シャワーブースの排水溝に吐瀉物があったらしい。

これはたまに遭遇する出来事だ。深夜帯にネットカフェを利用するのは、ほとんどが酔客だ。飲み過ぎて最終電車を逃し、タクシー代を節約するために始発まで時間を潰すのだ。「飲酒をしているお客様はご利用を遠慮頂いております」と表向き表示はしているものの、店側も背に腹はかえられず、よほど泥酔していない限りは受け入れることにしている。

モーニングをオーナーが提案したのも、駅前のライバル店とちょっとでも差を付けるためだった。

入り口の自動ドアから透けて見える、エレベーターの扉が開いた。

「次のシャワーブースの掃除は谷口さんですよ」

お気に入りのホストが入店して来るのを見つけたみなみは、急に笑顔になってそう言った。

2

〝谷口ゆうと〟。

春翔が自分の身分を売った後、与えてもらった名前だ。

「でもあれやな。戸籍なんて、普段いちいち持って歩くわけでもないし最初のうちは不便やなー、と思うこともあるかもしれへんけど、ちょっとの間貸すくらい、なんでもあらへん。そもそも戸籍必要になることなんて、まぁないしな」

歌舞伎町のルノアールで、佐藤と名乗る男が春翔にそう告げた。ＳＮＳで知り合ったアイコに「いい話があるんだけど……」と紹介された男だ。

それから佐藤は、希望するなら道具屋に頼んで偽造運転免許証も作ってやると言った。携帯電話もオプションにして。

もちろん警察に照会されれば偽造だとばれてしまう。だが、通常の生活を送る上では、その身分証があるだけで随分役立つという。

「部屋借りんのも、漫喫行くのも、猫も杓子《しゃくし》も身分証、身分証って言うけど、まぁ大抵はそれが本物かなんて調べへんから大丈夫や」

新宿の地下街の隅っこにある証明写真の機械で写真を撮らされた。

四、五日経つと、きれいに自分の顔がプリントされた〝谷口ゆうと〟の運転免許証が手に入った。佐藤と一緒にいた、松本拓矢《まつもとたくや》という、金髪に近い茶髪の男から渡された。

松本は派手な見かけによらず親切な男で、偽造免許証を届けてくれたその時から、春翔の住む場所、仕事探しなどなにかと面倒を見てくれた。

免許証の有効期限は三年後になっていた。生年月日は「なじみのない日にしたら聞かれた時に間違うから」という判断で、春翔の本当の誕生日の翌日に設定しておいたと松本は言った。住所は新宿区箪笥町《たんすまち》になっていた。最初は〝箪笥〟という字を書くのに難儀した。簡単なように見えて意外と覚えづらい。

三年後にはまた彼らに金を払って、偽造してもらうことになるのかと思ったが、その頃には身分は戻る予定だという。

佐藤はルノアールでこう言った。

「詳しいことは言えんけど、向こうさんも喜んでる。一時金も入って、三年ほどひっそり生活して、また元に戻ればいいだけや。ええ話やと思うで。人助けもできて、お金も入るんや」

春翔はすでに佐藤から百万円を受け取っていた。

三年後には身分が戻る。それが本当かどうかは今となってはわからない。だがその時、サラ金の返済で五十万円がすぐに必要だったので渡りに船で受けてしまった。

子供が亡くなり、妻も出ていった後だった。自分なりに大切にしようとしていた家族が、結局自分の前からいなくなってしまったことで、自暴自棄な気持ちにもなっていた。

寂しさを紛らわせる為にギャンブルに手を出したのが運の尽きだったと、今となっては思う。

春翔は腕時計を確認した。

午後五時十分前。もうすぐ夜シフトが始まる。昨夜十一時から今朝九時までの深夜シフトを終えた後、春翔は空室のデラックスルームで寝ていた。もちろん料金は支払っていない。

店には報告していないが、住んでいた部屋は引き払ってしまった。ここ数ヶ月はこうやって店の空きスペースで寝るか、帰ったふりをして、別のネットカフェで寝泊まりする生活を続けていた。その方が少しでも金が貯まるからだ。起きている間、ほとんど働いているのだから、睡眠をとる時だけこういう場所で過ごすのは合理的なことだった。バイト仲間たちはそんな春翔を黙認してくれている。

もうすぐいつもの連絡が入る時間だと思いながら、黒いソファの上で体を起こした。

ドアの向こうで足音がした。バタバタと誰かが走っている。

「お客様！」

バイト長の木村の声だ。

春翔はブースのドアを開け、廊下を見る。一瞬、チェックのシャツを着た男の後ろ姿が見えた。

そのままブースを出ると、受付に向かった。そこには、日勤を終えて帰る直前だったのか、私服に着替えたみなみと、恭子、これから夜勤に入るスタッフ数名が集まって話をしていた。

「なにかありました？」

春翔の問いにバイト長の木村が答えた。

「またN番《エヌ》がうろうろと」

N番とは覗きをする客の隠語だ。最近クラゲに通い出した四十代の客が疑わしい行動を繰り返しているので、店員同士の注意喚起も兼ねてそう呼んでいる。男の仕事は不明だが、午後の時間帯にやって来て、ソファのある個室スペースを利用し、ＡＶを鑑賞している。

　そこまでなら特に何の問題もない。どんなものを鑑賞するかは犯罪に関わらない限り、利用する側の自由であって、店側が関与することではない。いくらソロ活動に励んでも、ひとりで完結する分においては、臭いと音に問題がない限り、許容範囲である。

だが、他人の部屋を覗き見するのは犯罪だ。このN番は、ソロ活動を覗き見しながらやろうとしているのではないかと木村は推測していた。

N番はフロアをうろついている姿をよく目撃されていた。チラチラと視線を左右に振りながら、女性客のいるブースを探しているようだった。最近のネットカフェは女性客専用席を設けていることが多い。個室仕様とはいえ、実際は間仕切りで区切られただけのブースだ。薄い壁一枚挟んで隣に男性客がいるなか朝まで過ごすのは怖い、と不安を抱く女性客も多く、そうした要望に応えて専用席を設置する店が増えてきた。クラゲにももちろんあるのだが、全六十席中十席と数が少なく、満席になることが多かった。専用席にあぶれ、一般席で過ごす女性客をN番は探しているようだった。

　そしてN番は席移動を頻繁にリクエストしてきた。リクライニングチェア、フラットシート、ビジネスデスクなど席によって仕様が異なる。希望の席が空いていなかった場合、空き次第のご案内というケースもあり、移動自体は不自然なことではない。N番が異常だったのは、席番号指定で移動を要求することだ。席の仕様に希望があるわけではなく、その位置自体に希望があるかのようなピンポイントの移動をN番は繰り返していた。

以上の行動から考えて、N番は女性客のブースに狙いをつけ、その隣が空いていたら席を移動し、間仕切りの上から覗き行為に及んでいるのだろうと木村は推測していた。N番が退店した後のブースのゴミ箱は、いつも使用済みのティッシュでいっぱいだった。AV鑑賞後の遺物であろうが、そのうちのいくつかは、覗きに伴うものに違いないというのが木村の考えだった。

覗きをソロ活動のおかずにしているという考えはかなり強引なようにも感じたが、N番が女性客の隣の席を狙っているのは間違いないと春翔も踏んでいた。

「何時退店予定なんだっけ？」

「いつもの通りだと五時です」

木村の問いに恭子が答える。

「オーナーに相談するけど、次見つけたら通報だな。さっきだって、声かけなかったら絶対に向こうの女性客のブース覗いてたと思うし」

木村は皆にそう言った後、みなみと恭子に向かって「おつかれさん。もう帰っていいよ」と告げた。

そして春翔の方に向き直ると、

「監視カメラが壊れたのが痛いな」

とつぶやいた。

店内には、トイレ・シャワーブースの水回り付近や、本、漫画がおいてあるスペースの隅など、四ヶ所に監視カメラが設置してあった。

そのうちの一台が一昨日、突然調子が悪くなってしまったのだ。オーナーがケチって安いものを買ったからだと木村は言った。まだ保証期間内なので新しいものには交換してもらえるのだが、届くまでに少し日数がかかるらしい。

「一番入るわ」

木村は自分のインカムを外して、春翔に渡した。一番とは食事休憩のことだ。木村は名札を外してカウンターに置くと、携帯電話を握りしめ、外へと出て行った。

時刻は五時に差しかかろうとしていた。春翔はポケットに入っている携帯を確認してみる。

ラインにもメッセンジャーにも、電話にも、なにも変化はない。

おかしいな。

毎日、夕方の五時前後には必ず入るはずなのに……。

それは松本拓矢からの連絡だった。

3

酒を飲んだのか、顔が少し赤い。

「携帯ばっか見てますね」

顔を上げると、勤務を終えて帰ったはずのみなみが目の前に立っていた。酒を飲んだのか、顔が少し赤い。

五時を過ぎて、N番が何事もなかったように退店して安心した後、春翔は夜勤に就きながらずっと松本からの連絡を待っていた。

「バイト長とご飯食べて、ちょっと飲んじゃいましたー」

みなみは機嫌良さそうにそう言うと、カウンターのなかに入って、客からは見えないようにしゃがみ込み、スマホを触り出した。あれから木村を追いかけて強引に食事に誘ったのだろう。木村は数日前の競馬で大穴を当てたらしく、金額は言わないが、結構な金を手にしたようだった。

みなみはそれを嗅ぎつけて、うまくたかったのだろう。

足元にしゃがみ込んだみなみは、なにかを夢中になって打っている。スマホ画面が、ラインの表示になっているのが目に入った。

春翔は松本から、一通の封筒を預かっていた。渡されたのは一ヶ月前だ。

毎日、夕方六時までに自分からの連絡がなかった時はこの封筒を開けて、指示通りにメールを出して欲しい、という。

春翔にしてみれば、毎日松本からの連絡をメッセンジャーかラインで受け取り、確認をするだけ。もし、その連絡が来なかったら、メール一本出すだけの簡単な仕事だ。

松本はその仕事を請け負ってくれたら月に五万円払うと言った。

誰がこんな話を断れるだろうか。

しかも、絶対に友達にはしたくないタイプのこの男に、なぜか惹《ひ》かれる自分がいた。

最初に会った時から、親近感を抱いていた。

春翔はその依頼を二つ返事で承諾し、松本からのメッセージを受け取ることになった。

最初は「松本です。今日の連絡」と文字が入ったりしていたが、日を追うごとにだんだんと省略されていき「今日の松本」とか「松本」だけであったり、最近に至っては、ラインのスタンプだけを、送ってくるようになった。

だが、今日は連絡がない。

もうすぐ時計は六時を回ろうとしている。

店はやけに静かだった。

今日があの封筒を開ける日になるのだろうか。わずかに鼓動が速くなったような気がした。

受付には顧客管理用のデスクトップタイプのパソコンと、ノートパソコンの二台が置かれている。春翔はノートパソコンの方を開いた。

デスクトップ画面には自分が勝手にさし変えた、黒い隕石と紫のアメジストの写真が表示されている。

足元に急にみなみが倒れてきた。

スマホを触りながらウトウトしたようだ。

「中瀬、もう帰りなよ。店で油売ってないで」

みなみがゆっくりと春翔を見上げて言った。

「今、何時ですか？」

春翔は時計を見た。

「もう六時になる」

春翔は肝心の封筒が、ロッカーに入れっぱなしになっていることに気づいた。

「中瀬、ごめん。一瞬だけカウンター立ってて」と言うと、奥のスタッフルームにある自分のロッカーに、封筒を取りに行った。

ロッカーのなかは服がぎっしり詰め込まれているので、なかなか封筒の入ったリュックを取り出せなかった。

急いでカウンターに戻った。

「谷口さん、全然一瞬じゃないし」

みなみはそう言い、カウンターを出てトイレがある店の奥へと向かって行った。

携帯で松本の電話番号を鳴らしてみた。

耳の奥で、虚しく何十コールも響くが、応答はない。

春翔は手元の、なんの愛想もない茶封筒をしばらく見つめた後、のりできっちりと閉じられた封筒の上部ぎりぎりにハサミを入れて開封した。

そこにはふたつ折りの紙が一枚入っていた。決してきれいとは言えない右肩上がりの読みにくい字でなにかの指示が書かれている。


メールを出して欲しい。
①ネットでYahooを開く。
②メールに、IDは「takuya.takuya」、パスワードは「rockyou」でサインインする。
③メールを開くと、左側の下書きボックスにメールが一通ある。それを開いて送信。宛先は「mamomamo○△@gmail.com」。
万が一、メールが返ってきたら、080－○○○○－1974に電話してメールの

内容を口頭で伝えてくれ。相手はマモルという男だ。

以上。


春翔はしばらく文面を見つめながら、これはなんなのだろうかと考えを巡らした。

つまりは、松本自身ではマモルという男に連絡できない状態にあるということだ。

病気、事故、拉致《らち》、拘束など、不測の事態を予感させる二文字ばかりが頭に浮かんだ。ひとまずは指示どおりに任務を遂行することにしよう。顔を上げた。

ブラウザを開いてヤフーにアクセスし、指示通りメール画面に入った。

確かに〝下書き〟に一通のメールがあった。

開いてみると、本文にはなにも書かれておらず、ＰＤＦが添付されていた。

宛先には、指定のジーメールのアドレスがすでに記されている。

もう一度、自分の携帯電話を確認する。ラインもメッセージもなにも入っていない。

春翔は、上部にある送信ボタンをクリックした。

しばらく待ち、送ったメールが戻ってきていないことを確かめると、ヤフーの画面を閉じた。

4

小さい頃から、石が好きだった。

父は家具店社長のお抱え運転手をやっていた。春翔一家はその屋敷の離れで暮らしていた。大きな庭のなかの、小さな小さな平屋だった。

母が心臓が弱いこともあって、家のなかで大きな声を出したり、子供らしく走り回ったりすることもできなかった。兄弟もおらず、物心ついてからはもっぱら近くの河原でひとり石を拾って遊んでいた。

幼き春翔にとって、石は不思議な魅力にあふれていた。

石は同じものがひとつとてない。個性的で、きれいで、硬くて、強くて、いつまでも眺めていられた。

大昔に生まれたマグマが気が遠くなるほど長い歳月をかけて冷やされ、風や水に晒《さら》され、長い長い旅をして、河原にたどり着いた。

自分が生きてきた時間なんてたかだか十年程度だ。それに比べて、目の前の石たちが持っている時間のなんと長いことか。春翔にはそれがとてつもなくすごいことに思えた。

「石には妖力があるから拾って帰ってきてはだめ」

母によく咎《とが》められた。色々な念が籠《こも》っていて、なかには災《わざわ》いをもたらすものもあるからだという。なにせ石たちは、数百年、数千年、数万年もの長旅をしてきたのだ。その間になんらかの力が備わったとしてもなんの不思議もないと春翔は思った。だからこそ春翔は、母の言いつけを破りせっせと石を持って帰った。

災いをもたらす力があるとするならば。

幸せをもたらす力があってもいいはずだ。

自分たちが暮らすこの屋敷には、よからぬ空気があふれている。幼心に春翔は不穏なものを感じていた。

瀬戸内《せとうち》家具店。

茨城県下ではよく知られている老舗だ。

大きな屋敷には、常時二人のお手伝いさんがいた。ひとりは久保《くぼ》さんという母と同じ年頃の女性で、春翔一家と同じく、庭のなかにあるもう一軒の離れに住んでいた。もう一人は通いの若い女性だった。

瀬戸内家には、春翔と同じ歳の真貴《まき》という娘がいた。

小さい頃には一緒に遊んでいた。ふたりで河原に行ったことも覚えている。だがそれも小学校に上がるまでだった。

春翔は地元の公立、彼女は私立と別々の学校に進んだからだ。

時々春翔は母にお使いを頼まれて屋敷に行くことがあった。

翌朝、社長が何時に出発するのかを確認するのがお使いの内容だった。屋敷に帰ってきた時に聞いておけばいいのに。母に疑問を口にしたこともあった。するとは母はかがんで、春翔と視線を合わせ答えた。「いつもはそうしてくれるんだけどね。時々なにも言わずに屋敷に上がっちゃうことがあるんだって」。じゃあお父さんが聞きに行けばいいのに。今度は父に聞く。父はなにも答えず、新聞を読みながら夕飯を食べている。「ねえ、お父さん」食い下がる春翔に母は「いいから行ってきて」と言うと背中を押した。

今思えば、父は社長を恐れていたのかもしれない。触らぬ神に祟《たた》りなし。機嫌の悪い雇い主を変に刺激したくなかったのだろう。だからと言って子供を使うのは卑怯《ひきょう》といえば卑怯だが、当時の春翔は早くお使いを済ませて夕食を食べたかったので、口を尖らせながら家を出るのが常だった。

屋敷の玄関で「すみません」と声をかける春翔を迎えてくれるのは、いつも久保さんだった。事情を知っている久保さんは先回りして「明日の時間？」と聞いてくる。「はい」と答えた後の久保さんの言葉は、その日の社長の気分によって変わった。

普通に機嫌が悪い時は「聞いてくるね」。だいぶ機嫌が悪い時は「後で知らせに行なそうな表情が忘れられない。春翔まで申し訳ない気持ちになり、「すみません」とつい謝ってしまうのだった。

屋敷を出る。振り返ると二階の電気がついている。真貴の部屋だ。春翔がその部屋に上がることは許されない。使用人は玄関まで、というのが決まりだった。真貴もまた、春翔の住む離れに行くことは許されなかった。それが社長の決めた使用人一家と雇い主一家のしきたりだった。

神経質な社長が春翔は苦手だった。

石にたとえるなら、採石場から切り出されたばかりの花崗岩《かこうがん》だ。きれいだけれど尖っていて、触ると少し痛い。

父は気にしていないのか、気にすることをやめたのか、社長の尖った部分に関しては一切触れなかった。前職を解雇され再就職が難航していた父に声をかけてくれたのが社長だった。友人の借金の保証人になったらその友人に逃げられた。怖い人たちに追い込みをかけられるも支払い能力はなく、弁護士事務所に駆け込んで自己破産した。こうしたごたごたで辞めさせられた父だったが、社長は構わず父を運転手として雇った。「社長には感謝しかない」と父はいつも言っていた。自分は恵まれていると思い込みたかったのかもしれない。父は不都合な現実に目を背ける傾向があった。

車のフロントガラスにわずかな曇りがあったり、停車位置がいつもと少しずれただけでも、父が怒鳴られている光景を、春翔は度々目にしていた。

弱者と強者。

いったい神様はどこでどうやって、そんなヒエラルキーを決めるのだろうか。

正月など、瀬戸内家はそれはすごい賑わいで、次々と親戚たちが年始に訪れては華やかに宴《うたげ》が催されていた。春翔の家には訪れる者もいなければ、訪ねて行くところもなかった。

行くところといえば、同じ敷地内に住むお手伝いの久保さんのところだけだった。

5

夜勤だったその日は、日付が変わる前に勤務を終えた。深夜勤の恭子に引き継ぎをすると、春翔は着替えを済まし、店を後にした。ロッカーのなかに汚れた服がたまっているのが気になったが、今夜は洗濯をする気にはなれなかった。

久しぶりに外の空気を吸った。

重く湿った空気が頬にあたる。

春翔はしばらく駅前の喧騒のなかを歩き、商店街を抜けたところで、胸元のポケットに入れてあるタバコに火をつけた。

喫煙者ってやつは本当にどうしようもない生き物なのだと思う。そもそも住んでいるところを引き払ってネットカフェで生活をし始めたのも、このタバコ代を捻出するためだと言っても過言ではない。

タバコは値上がりし続け、金のないものを圧迫する。

ガードレールに腰掛けた。

煙を相手に大きく深呼吸して遊んでいると、派手な色の法被《はっぴ》を着て呼び込みをしている女の子の向こうに、中瀬みなみを見つけた。

みなみは例のお気に入りのホストと一緒だった。ちょうど店を出てきたところなのだろう。

ふと、以前恭子が言っていたことを思い出した。日勤の昼休憩の時のことだ。携帯とタバコを持って外に出ようとしたところを恭子に呼び止められた。相談があるという。珍しいことだったので、承諾して駅前のカフェに誘った。

「みなみさんが心配なんです」

恭子が口を開いた。

「中瀬?」

てっきり、自分自身の悩みを相談されるのかと思っていた春翔は拍子抜けした。

「中瀬がどうした？」

「例のホストに入れ込んじゃってるみたいで」

「ああ。あの常連ね」

そのホストは、ここ二ヶ月くらい週二ペースで来店していた。来るのは決まって朝方だ。仕事終わりで訪れ、二時間ほど過ごして帰っていく。彼が最初に来店した時にみなみが「あの顔はタイプだわ」と話したことを春翔は覚えていた。そのうちに彼に積極的に近づき、仲良くなったのだろう。春翔は、店内で話すふたりを何度も目撃している。みなみは、そのホストの店にも顔を出しているようだった。シャンパングラスで乾杯している写真を見せられたこともあった。

「まあ……それは中瀬の自由なんじゃない」

「谷口さん」

恭子が春翔を睨む。

「もっと真剣に考えてください。ネカフェのバイト代だけで、ホストクラブなんかいけると思います？」

春翔はざっと頭のなかで計算する。みなみはフリーターだ。自分と同じく、ほぼ毎日勤務している。給料も同じくらいと考えると月収二十万円ほど。

確かに、ホストクラブに通うには心もとない金額だ。

「バイト長にお金借りてるみたいなんです。このままだと彼女破滅してしまうかも。誰かが注意しないと」

恭子はひと息入れるようにコーヒーを口にして言った。

「悪いところで借りるようになっちゃうかもしれません」

春翔はタバコを道路に落として踏み消すと、ふたりの姿を目で追った。みなみはホストに腕を絡ませて嬉しそうに歩いている。これからアフターにでも行くのだろうか。

――谷口さん、みなみさんに注意してあげてください。

恭子が最後に言った言葉が蘇る。

注意しろ、って言われてもな。

春翔はため息をついた。本当かどうかわからない恭子の言葉を鵜呑《うの》みにして注意するのもおかしな話だ。

とりあえず、身を持ち崩しませんように。

そう祈り、春翔はその場を後にした。


クラゲとは駅を挟んで反対側に位置する、おしゃれな完全個室が売りのネットカフェにやって来た。

翌日の出勤は中番で十一時からだから、夜間プランと朝プラン併用でたっぷり九時間利用することにし、ゆっくり眠るつもりだった。

受付を済ませてすぐにシャワーを浴びた。ラーメンを食べた後なので身体中から汗が噴き出ている。あと数枚しか残っていない洗濯済みのTシャツと、トランクスに着替えた。

次回来た時にはまとめて洗濯しなくてはならない。クラゲと違って、ここには洗濯機もあるのだ。

シャワーの使用料金は時間制だ。十五分までは無料で利用することができる。できるだけ早く済ませると、個室に戻り、ネットを立ち上げた。

フールーの、ナショナル・ジオグラフィック・チャンネルにアクセスする。最近ハマっている「マーズ 火星移住計画」と「一攫千金! 巨大マグロ漁」をメロンソーダ片手にチェックした。

しばらくして、松本のメールが気になり、ヤフーを開いた。

ポケットに入れたままのメモを確認し、メール画面を開く。

よかった。マモルという男に出したメールは戻って来ていない。無事に届いたのだろう。

ひとつ仕事を終えた安心感が春翔を襲ったが、ふとこのPDFの内容が気になり、目を通してみることにした。

春翔は画面に表示されたその文章から目を離せないでいた。

何度も上から文面をたどる。

意味を把握するのにしばらく時間がかかった。

――俺はもう殺されている。

連絡できなかったわけは、死んでしまったから？

――投資金を夕夕いた。

松本は大金を手にした？

――二千万ほど渡してやってくれ。

自分に二千万？

なぜ？

いくつもの疑問符が頭のなかをぐるぐると回る。

松本は、上の金に手をつけて殺された。もしくは治験に売られた。

そこまではわかったが、なぜ自分に二千万円もの大金が転がり込んでくるのかわからない。

……わからないが、想像することはできる。

自分に二千万あれば……。

いつしか妄想が春翔の脳内を埋め尽くしていた。

6

黒いビニールレザーが敷き詰められた個室で、春翔はまんじりともできずにいた。

午前三時。体は休息を求めていたが、メールの内容が春翔の脳のなかを占拠して離れず、一向に眠気が訪れない。

マモルという男は松本の指示を本当に実行してくれるのだろうか。

金を手にしたマモルが、春翔に二千万もの大金をくれてやる義理などどこにもない。

またタバコを吸いたくなってきた。面倒臭いがブースを出て喫煙所へ向かう。

換気扇の音だけが響いている真夜中の喫煙室。ニコチンで茶色く濁った窓に向かって煙を吐いた。

目を瞑《つむ》ると、万札が浮かんでくる。一万円札は重さ一グラム、〇・〇一センチの厚さ。百万円の束だと約一センチになる。一千万だと、十センチの厚さの束。これが二つ。二キロの重さになる。手の平を見つめて、そこに乗った札束をイメージするが、うまく想像できなかった。灰を落とす。深く煙を吐いた。

松本のことを考えた。

あんた、本当にもうこの世にいないのか？

治験でもなんでもしてボロボロになっていてもいいから、とにかく生きていて欲しいと思った。住む場所や仕事など、色々面倒を見てくれた親切な男だ。あいつには思い入れがある。

それにしても「ハメた」とはどういう意味なのか。

――かつて俺らがハメた江川春翔って男だ。

騙《だま》されたのだろうか。

確かに、調子のいい佐藤の言葉に、違和感がなかったとは言い切れない。しかし、三年間貸すだけという条件にぐらついた。そして目の前の現金に判断を狂わされてしまった。

馬鹿だな。俺も松本も。

春翔はタバコを消した。喫煙所を出て個室に戻ると、無理やり目を閉じた。

翌朝、早くに目覚めた春翔は、もう一度熱いシャワーを浴びた。無料時間の十五分を過ぎても、しばらくは熱いシャワーを頭から浴び続けた。

髪を乾かし、喫煙所でタバコを一本ふかした後、ドリンクコーナーで冷えたカルピスを一気飲みする。精算を済ませてネットカフェを後にし、出勤予定時間より早めにクラゲに到着した。

ロッカールームに直行し、荷物を整理し始めた。

もし、二千万が自分の手元にやってくるなら、と考えて行動を起こしている自分が滑稽だった。しかしもう頭のなかからそのことが離れることはなかった。

勤務時間になり、タイムカードに打刻して受付カウンターに入ると、バイト長の木村が黙って顧客リストが表示されているパソコンの画面を指した。

例のN番が入店していた。いつもと違い、早い時間だ。入店客の配置表を見ると、N番の横にはみなみが嫌っているあのセクハラの客がいる。要注意エリアが出来上がっていた。

インカムで、N番が入っている個室近くで作業しているアルバイトに話しかけた。

「谷口です。そっち大丈夫かな。Nの様子」

「はい。今のところ」

インカムで多くは語らない。必要不可欠な受け答えのみだ。

「お疲れさまです」

驚いたことに恭子が受付カウンターに戻ってきた。恭子は昨晩、深夜勤だったので、朝には勤務を終えているはずだが。

「相澤さん、どうして？」

春翔は疑問を口にした。

木村が横から、朝に急な欠勤者が出たのを、恭子がカバーしてくれたのだと言った。

「体、大丈夫なの？　寝てないでしょ」

春翔は聞いた。

「大丈夫です。ちょこちょこ休憩させてもらってます。今月は少し入り用で、出来るだけシフトに入りたいんですよ」

隣からいつもと同じリンスの匂いが漂ってきた。

昨夜見た光景を話すかどうか、春翔は迷った。みなみとホストは楽しそうにアフターに出かけていったようだ。口まで出かかったが、踏みとどまった。みなみに注意していないことを指摘されるのが怖かったからだ。正義を体現するかのようなあのまっすぐな目でもう一度言われたら、今度こそみなみに注意せざるを得なくなるような気がした。

インカムから声が飛び込んできた。

「N番が動いてます」

先ほどのアルバイトからだ。

恭子に、受付を頼むと言い残して、春翔はN番の入っている個室の方へ向かった。

7

「谷口さん、お客様みたいです。あの、向こうに立ってらっしゃる、黒い帽子をかぶった方。『谷口ゆうとさんはいらっしゃいますか？』って」

N番に変な動きは見られず安堵して受付に戻ると、恭子が言った。

見ると、黒いキャップを被った青年が、エレベーターホールに立っている。小さめのリュックが大きく見えるほど線が細い。

春翔の心臓は一気に高鳴った。

彼が〝マモル〟なのだろうか。

自動ドアを出て、青年に声をかける。

「あの……」

「あ。江川さん」

青年は春翔を見るなり〝江川さん〟と呼んだ。

なぜ、すぐに自分が江川だとわかったのか。一瞬疑問が浮かんだが、それを押しとどめた。あのPDFの文面が正しいのか、確かめなければならない。

「マ・モル、さんですか？」

「はい。柿崎護です」

マモルは春翔を無表情で見つめていた。彼が持っているリュックのなかには……。

春翔は心臓の鼓動が速くなるのを感じていた。

マモルが目をわずかに細めた。

「メール、ありがとうございました。これ、タクヤからの預かりものです」

肩の黒いリュックを、そのまま春翔の手に渡してきた。

「これって……」

春翔は手にしたリュックの重みを感じた。二キロくらいだろうか。

マモルは春翔の目を見て頷く。

「中身はおわかりかと」

春翔も頷いた。やはりＰＤＦの文面は本当のことだった。タクヤの言いつけ通り、マモルは二千万円を持ってきてくれたのだ。春翔はマモルの誠実さに感謝した。

しかし――。

金の件が本当だということは――。

「あの、松本さんはどうなったんですか？　生きてるんですよね？」

聞いても無駄なことだと思いながらも、確認せずにはおれなかった。

マモルは視線を下げ、首をわずかに横に振った。

ひと呼吸置いて、顔を上げた。

「ありがとうございました」

マモルが言った。

なにが〝ありがとう〟なのか。

「こちらこそ、わざわざ届けてくれてありがとう。君はこれを届けずに、無視することもできたのに」

「いえ……」

エレベーター脇の階段の下から、若い男の子たちの笑い声が響いてきた。

なにかを言いかけて、マモルはやめたようだった。

無邪気な声がふたりの足元から上がってくる。

「江川さん、お元気で。もう、会うことはないと思います」

マモルが目線をまっすぐこちらに向けてきた。

「マモルさんも、お元気で。どうか気をつけてください」

春翔は視線を受け止めた。

軽く会釈すると、マモルはエレベーターを使わずに、階段を駆け下りていった。

春翔はその後ろ姿を見えなくなるまで見つめていた。

店に戻ると、カウンターには恭子とみなみが立っていた。

「おつかれ様です。それ、何ですか？」

目ざとくみなみが春翔のリュックを指して聞いてきた。

「え。あぁ。友達から預かった荷物。……遊びに行くから預かってくれ、って」

「へぇ……。って言うか、谷口さんに友達なんていたんですね」

みなみがぺろっと舌を出す。

「うるさいよ。友達くらい、います」

「みなみさん」

恭子がみなみを睨む。

「ちょっとロッカーに入れてくるわ」

春翔はリュックを持って、受付カウンターを出るとスタッフルームに入った。

ロッカーの鍵を探す。施錠をしたことがないので、どこにあるのかわからない。少し探して扉裏のポケットの奥に、マスキングテープで貼り付けられているのを見つけた。ほっと胸をなで下ろしていると、客席の方から怒号が聞こえてきた。

「なんなんだよ」

「誰か！」

「おいこら！」

男たちの声が交錯する。

こんな時にトラブルか――。

春翔はリュックをロッカーに押し込み、外していたインカムを着ける。

スタッフルームのドアを開けフロアに戻ると、男が床に座り込んでいた。N番だ。額のあたりを両手で押さえている。指の間から血が流れていた。

N番の背後に、見たことのない小柄な男がナイフを持って立っていた。

男は不意にドアを開けた春翔と対峙《たいじ》する形となり、振り返って奥に逃げようとした。

「待てよ」と言おうとしたが言葉にならない。手を伸ばす。男の着ていたシャツの端を掴んだ。

その時だった。シャーッという音とともに、突如目の前が薄いピンク色の煙でいっぱいになり、息ができなくなった。シャツを掴んでいた手が一瞬緩んだ。そのすきに、男は春翔の手を逃れ奥に走る。方々から客やスタッフの咳《せ》き込む声が聞こえる。

「なんだこれ」

春翔は近くに寄ってきたアルバイトに聞いた。

「多分……消火器だと思います」

アルバイトが息も絶え絶えに答えた。

煙はどうしようもなく拡《ひろ》がっていて、為す術《すべ》がなかった。

とにかくそこにうずくまって喚《わめ》いているN番の脇の下に手を入れ、受付カウンターを目指して引きずった。N番の額の血の上に、ピンクの粉がべっとりと付いていた。

火事か？

いや、それならとっくに警報装置が鳴っているはずだ。焦《こ》げ臭さもない。状況がわからぬまま、春翔はパニックになった客に何度も「出口は向こうです。落ち着いてください」と声をかける。粉が舞っているのと、傷ついた成人男性を抱えているせいで、なかなかカウンターにたどり着けない。

受付にいた木村がカウンターから出てきて手を貸してくれた。N番をカウンター奥の事務室に入れることができた。木村は息を荒げながら「ヤバイな、ヤバいな」と繰り返している。

「店の奥に、ナイフを持った男がまだいると思う。警察に電話してください。救急車も」

木村に指示を出すが動こうとしない。おろおろとフロアに目をやっては「ヤバイ」と漏らすばかりだ。だめだこいつは。

恭子を頼りたいが、受付から離れてしまったのか姿が見えない。

「落ち着いて出口から、店の外に出てください」

フロアではみなみともう一人のスタッフが、客を誘導している。

階段口から制服警官がやってきた。

「大丈夫ですか？　救急車を呼びましたか？」

警官がN番を介抱していた春翔に訊ねる。客からの通報で駆けつけてくれたらしい。

春翔はひとまず見たことを伝えた。N番がナイフを持った男に切りつけられたらしいこと。その小柄な男は、まだ店の奥にいそうなこと。突然消火器が噴射されたこと。火事かどうかはわからないこと。

警官はすぐに応援を要請し、店の奥へと入っていった。

しばらくして、警官は青いシャツを着た、粉まみれの男を後ろ手に抑えながら、店の外へと連れ出した。さっき、春翔が見た男だった。

救急車が到着し、N番が搬送された。スタッフの応急処置で出血は止まっていた。

救急隊員の言葉に、N番はきちんと反応していた。命に別状はなさそうだ。

春翔は彼を見送った後、腰が抜けたようにカウンターのイスに座り込んだ。

やってきた刑事に色々聞かれたが、同じことを繰り返すだけだ。

オーナーもやってきて、また同じことを聞かれていた。現場にいなかったので答えようがないだろう。

店は当然営業休止となった。消火器から出たピンク色の粉を掃除しない限り客を入れることはできない。この後はバイト総出で清掃することになるのだろう。

春翔は考えただけで気が遠くなった。

8

「あ……」

思わず声が出てしまった。

ズボンのポケットに手を突っ込むと、タグのついた小さな鍵が入っていた。金の入ったリュックをロッカーに押し込んでそのままドアを閉めた。しかし鍵をかけたかどうかがあやふやだ。

オーナーが恭子の姿が見えないと、他のスタッフにこぼしている。ほうきとちりとりを持ったスタッフの横をすり抜け、スタッフルームへ向かう。なかに入るとクリーム色のロッカーにピンクの薄化粧が施されていた。

ここまで飛んできていたのか。

自分のロッカーを見る。ドアが半開きだ。春翔は慌てて歩み寄った。ドアを開けてなかを見る。

ない。

ない。

ない！

そこに押し込んだはずの黒いリュックは、跡形もなく消えうせている。大量の服があるばかりだ。

すぐにスタッフルームを出て、受付に向かった。ドアの外で床を拭いていたスタッフに問いかける。

「俺の友人から預かったバッグがないんだけど、知ってる？　黒いリュック」

不思議そうに、首を横に振られるだけだった。

受付でみなみを捕まえて聞くが、なにも知らないと言う。

「それより谷口さん、恭子さんどこに消えたか知ってます？　彼女、こんな時にいないなんてあり得ない」

みなみの口調には怒気がこもっていた。

「俺が聞きたいよ」

春翔は答えた。

恭子ならなにか知っていそうだ。

「警察の人に聞いてみたらいいんじゃないですか。盗難届、出しますか？」

みなみが言う。

警察に盗難届――。

なかになにが入っているか、話さざるを得なくなる。

「い、いや。いいわ。とにかく捜すから」

そう言い残し、春翔はあの時にスタッフルームのそばにいた人間を思い出そうとする。

「監視カメラの映像、チェックしてみたらどうですか」

みなみが不意に口にした。

「あ……」

しばらく間があって、ふたり同時に短い声を発した。

今日、スタッフルーム近くのカメラは、故障中で作動していなかったのだ。

「なんなんだよ！」

春翔は頭を抱えた。

営業は、事件翌日の午後に再開された。

警察の話によると、N番が無駄にフロアを徘徊《はいかい》することに小柄な男は不満を募《つの》らせていたという。何度も注意したがN番は聞く耳を持たなかったので、ついにその男がキレたらしい。

刺した男は、あの時が二回目の来店だった。持ち物検査をしているわけではないので、刃物を所持していることなどわかるはずがない。

自業自得ではあるが、N番は額から右目の横までぱっくりと切られた。顔を守ろうとした手の上からもナイフで切りつけられたらしく、手の甲も傷ついていた。

それよりもなによりも、春翔にとっては金がリュックごとなくなっていたことの方が問題だった。

スタッフルームのそばの監視カメラは壊れていたが、他の箇所のカメラの映像をチェックすると、意外なものが映っていた。

スタッフルームに入るドアのあたりで、消火器を取り、安全栓を引き抜き、レバーを握って、消火剤を振りまく恭子の姿だった。瞬時にカメラの前はピンク色になり、その後の映像はなにが映っているのか判別できない。入り口付近のカメラも同様だ。

春翔は恭子の携帯を鳴らした。

呼び出し音が何十回も春翔の耳の奥で響いたが、応答はない。

木村やみなみも連絡を入れたがなしのつぶてだ。

スタッフ全員にあの日、恭子を見た者がいないか聞いてまわったが、なぜか誰も彼女が出て行くところを見ていなかった。

恭子。

どう考えても彼女がリュックを盗んだに違いなかった。

彼女は知っていたのだ。

春翔が金を受け取ることを。

受付カウンターのノートパソコンでマモルにメールを送った後、ヤフーのメールをきちんとログアウトしたのか春翔の記憶は定かではない。以前、みなみのジーメールを見てしまったことがあった。日勤の時にメールチェックをした後、ログアウトし忘れたのだろう。夜勤の春翔がノートパソコンを開くと画面がジーメールのままだったので、ログアウトしておいたのだった。

もし、同様のことが起こったのだとしたら。

そして春翔と交代で深夜勤についた恭子がメール画面に気づいたとしたら……。

ログアウトせずにそのままメールを開き、添付のPDFを読む。

十分に考えられることだった。

「恭子さん、お金に困ってたのになんで急にばっくれたのかな」

隣に立ったみなみが言った。

「だいたいあの人、嘘つき体質なんですよね。この前バイト長から聞いたんですけど、私のことダシにして金借りようとしたんですって。マジでキレるわ」

みなみがホストクラブ通いで金に困っていたから、自分が金を貸した。みなみには黙っていて欲しいが、いくらか金を都合してもらえないか。そう木村に言ったらしい。

みなみいわく、そんな作り話は恭子の常套《じょうとう》手段だったそうだ。

母が自転車にぶつけられて大怪我を負った。でも相手が保険に入っていなかったから、とりあえずこちらで治療費を立て替えなければならなくなった。今月どうしても足りないから五万円貸してもらえないか。みなみが入店してすぐの頃には、そう懇願されたらしい。

「事情を話せば病院も待ってくれるんじゃないですか、って断ったんですよね。そしたら無言で睨まれましたよ。他にも似たような話をされたアルバイトの子、いましたし」

みなみが軽蔑するように言い立てた。

「しかも一度、彼のホストクラブに連れて行ったら、すっかりハマっちゃって。私が心配になっちゃいましたもん。それで彼とも喧嘩になっちゃったし。色々ルーズなんですよ。前の仕事も絶対お金がらみのトラブルで辞めたんですよ。だいたいあんな大企業の後、うちなんかに来ます？」

オーナー今いないですよね、とみなみは小声で肩をすくめた。

「あちこちで問題起こしてきたのかもな」

ため息混じりに春翔が答えた。

「そうに決まってますよ」

みなみがわけ知り顔で断定する。

「それに私、別にお金には困ってないんで」

「え？」

突然のみなみの告白に春翔は面食らった。

「私、パパからお小遣いもらってるんで大丈夫なんです」

「パパ？」

「はい。パパです」

さらっとそう言うと、みなみはカウンターに出た。

春翔は考えた。どういう意味のパパなのだろう。みなみの家は金持ちで実の父からふんだんに小遣いをもらっているということなのか。しかしそうなら、そもそもここでアルバイトする必要なんてあるのだろうか。

いや、そんなことを考えている場合ではない。とにかく恭子だ。

オーナーに、心配だから恭子の様子を見に行かせてくれと訴えた。しかし恭子の住所は教えてもらえなかった。みなみも他のスタッフも彼女の住所は知らなかった。自宅を訪ねるほど仲が良いスタッフもいなかった。

今日の午前中、オーナーに言われて木村が恭子の自宅を訪ねてみたがまったく応答しなかったそうだ。

さっき恭子からオーナーに連絡が入ったらしいと、木村は言った。

突然、実家の親の具合が悪くなり、仕事を今月で辞めさせて欲しいと申し出たそうだ。すでに故郷の沖縄にいて、もう東京へは戻らないという。突然のことなので、今月分の給与も辞退したという。

それを聞かされた春翔は、全身の力が抜けてしまった。

嘘だ。

絶対に嘘だ。

絶対に嘘なのだが、どうすればいい？

くそっ。

あの女！

唇を噛《か》み、途方に暮れている春翔の前にひとりの男が現れた。

長髪で背が高く、がっちりとした体型をしている。自動ドアをくぐり、まっすぐ春翔の方へ向かってきた。

春翔は気を取り直し、

「いらっしゃいませ」

と言った。

男は春翔に近づき、

「江川春翔さん……ですよね」

と言った。

驚いてその男の顔を見返すと、男は仲道博史《なかみちひろし》と名乗った。

第四章　仲道博史

1

仲道博史の携帯電話が鳴った。

「朝子《あさこ》伯母さんが、さっき旅立ったわ」

入院先の病院で姉が冷たい朝を迎えたと、母の沙知絵《さちえ》が静かに言った。

伯母、久保朝子は癌でもう長くないのだと聞かされてはいたが、思ったよりも早く旅立ってしまった。

病院で眠れぬ夜を過ごしたであろう母を労《ねぎら》い、電話を切った。

仲道はやりかけの仕事の引き継ぎを頭のなかで段取りする。通夜と葬儀は伯母の自宅のそばで執《と》り行われるそうなので、数日は茨城に滞在しなくてはならない。

その日の午後、仕事に目処《めど》をつけ急ぎ車を走らせたが、通夜の会場に到着した頃にはすでに辺りは暗くなっていた。遅れてやってきた仲道を母は泣き腫らした目で迎えた。控え室で着替えを済ませ、仲道は会場に入った。祭壇の目の前の席に棺《ひつぎ》をじっと見つめて座る女性がいる。

それが、瀬戸内真貴。いや、久保真貴だった。

瀬戸内家の生き残りの娘と伯母が養子縁組したことは母から聞いていた。

瀬戸内家具店は茨城県下で、戦後、盛栄を極めた老舗の家具店だった。しかし十五年前、業績悪化に苦しんだ当時の社長、つまり朝子の雇い主である主人が、一家無理心中を図った。

妻を刺し殺し、もうすぐ一歳になろうとしていた次女を窒息死させた。その後、自室の鴨居《かもい》に紐を括《くく》り付け、自らは首を吊って命を絶った。

その三人の無残な姿を、屋敷で最初に見つけたのは住み込みの家政婦だった伯母だ。長女の真貴は、その日林間学習で自宅にいなかったので、惨劇に巻き込まれずに済んだ。

当時、瀬戸内家具店の業績が悪化していたことは、業界紙でも度々記事になっており、社長が精神的に不安定だということも、取引先の間では噂されていたらしい。もともと、評判の良い人物でもなかった。

事件後は、週刊誌があることないことを書き立てた。世間体を気にした親類縁者はひとり残された真貴を施設に預けた。引き取ろうとするものは誰もいなかった。母いわく、伯母は生まれた時からずっと世話をしてきた真貴を引き取りたかったらしい。しかし伯母は事件後、住まいも職も失《な》くしており、自分ひとりの生活で精一杯だった。できることと言えば、折に触れて施設へ出かけ、真貴の話し相手になることくらいだったという。

伯母は、医者から癌告知を受けた後、真貴との養子縁組を申請した。自分が逝《い》った後、真貴に生命保険金を受け取ってもらいたかったからだった。

――真貴嬢さまは、小さい時から苦労しているから、せめて……ね。私が死ぬことで少しでも嬢さまの助けになるのなら。

母にそう話していたらしい。

「覚悟はしてたんだけどね。意識のあるうちに会えなかったことが一番悔しいわ。博史も、伯母さんの顔、見ていきなさい」

真貴を見つめていた仲道に母はそう言った。

最後に面会したのは五ヶ月ほど前だっただろうか。伯母はまだ少しふっくらした頬で、鼻をくしゃりとひしゃげて笑っていた。

棺のなかの彼女はその時の面影がまるでなくなり、信じられないくらいに小さくなっている。

たった五ヶ月でここまで人間は縮んでしまうのだろうか。

よほど厳しい闘病生活だったのだろうと、仲道は伯母を思った。

棺の窓を閉じ顔を上げると、母が遺族席の一番前に座っていた真貴を仲道に紹介した。

「博史、真貴さんよ」

「従兄妹《いとこ》になるのかしら。前に言ったと思うけど、姉さんは真貴さんと養子縁組したの」

仲道は真貴と目を合わせると、頭を下げた。事件当時、真貴は十歳だったから現在二十五歳になっているはずだ。しかし年齢に比して幼く、高校生くらいにしか見えない。辛《つら》すぎる事件が真貴の時間を止めてしまったのか、それとも自ら時を進めることを拒んでいるのか。

「ちょっと二階の様子を見てくるわね」

そう言い残し、母は会場を後にした。通夜振る舞いの手伝いでもするのだろう。

弔問客がいなくなり、会場には仲道と真貴のふたりだけになった。仲道は遺族席に腰掛けた。祭壇を見上げると、伯母の遺影が目に入る。いつもの鼻をくしゃりとひしゃげる笑顔。伯母は事件後しばらく、住まいと仕事が見つかるまで仲道家に身を寄せていた。その頃の仲道は警察学校を卒業し、警察官としての勤務一年目を上野の交番で過ごしていた。慣れない日々の業務に疲れ切って帰宅すると、伯母はいつもの笑顔で仲道を出迎えてくれた。博史くん、お帰り。博史くん、お腹空《なかす》いてない？　博史くん、お風呂沸いてるよ。優しく世話を焼いてくれた。

そんな伯母がよく話していたのが真貴のことだった。瀬戸内家でひとり残された真貴が不憫《ふびん》でならない、彼女を引き取ることができなかった自分が情けないと、目に涙を浮かべて悔しさを滲ませながらそう言っていたことを覚えている。

結局二ヶ月ほど仲道家で過ごした後、伯母は地元の茨城で職と住まいを見つけ、そちらに移っていった。

「博史さん、探偵さん……なんですよね」

少し低めのアルトボイスで話しかけられた。いつの間にか真貴は最前列から仲道の座る遺族席へ移動してきていた。

「はい。今はそんなことになっています」

仲道は答えた。

母がどこまで話しているのかわからないが、息子が元警察官で、現在は小さな探偵事務所でなんでも屋をやっているということくらいは伝えているのだろう。

真貴はじっと動かない。彼女の周りだけ、時間の流れが違うような雰囲気だ。

「あの……。相談があるんですが」

真貴は小さな声で、仲道にそう言った。

2

金曜の夜、仲道は新木場駅に降り立った。

駅前のバスロータリーを抜けて真貴に指定された「クラブ・バタフライ」に向かう。伯母の葬儀が終わって数日経ったある日、真貴からメールが入った。連絡先は通夜の時に交換していた。相談事の件だろうとメールを確認すると、今週末に会えないかという。仲道が探偵であることをあの日確かめてきたのを考えると、おそらく仕事の依頼だろう。相談内容が書かれていないので、協力できるかどうかは不明だ。お互いの時間を無駄にして終わってしまう可能性もあるが、通夜の日の一途《いちず》な真貴の眼差《まなざ》しを思い出し、承諾の旨を返信した。真貴は時間と場所を指定してきた。

クラブの近くまで行くと、広い道路の脇に停められた小さめのトラックから真貴が降りてきた。

そういえば、真貴は人付き合いが苦手で配送会社のドライバーの仕事に就いているのだと母が言っていた。

「博史さん」

真貴の黒髪が海風でふわりとなびく。全身真っ黒な出《い》で立ちだ。

「来てくれてありがとうございます。先にお話、した方がいいですよね？」

真貴に促される形で、結局また駅まで戻り、コーヒーショップに入った。

葬式の時から思っていたが、仲道が想像するよりずっと真貴は普通だった。伯母が生前心配していた、思い込みが激しく、人見知りで、友人も少ないという一面は東京に来て引っ込んでしまったのだろうか。

真貴は十八歳になった時、地元の施設を出て、東京に職を求めた。彼女にとって茨城は、忘れたい思い出ばかりの土地なのかもしれない。

コーヒーショップに腰を落ち着かせると、真貴は自分の携帯電話に保存された一枚の写真を見せてきた。

「この人を探したいんです」

画面には少しはにかんだように笑う、くりっとした目の青年が写っていた。

「誰ですか？」

「名前は江川《えがわ》春翔《はると》。幼馴染《おさななじみ》で……」

父親のお抱え運転手のひとり息子で、真貴とは同じ年齢。小さな頃から遊んでいた仲だという。

幼稚園は同じところに通っていたのだが、小学校からは別々になった。あまり会えなかったが、真貴にとっては唯一、心許せる友人だった。

真貴が十歳の時、例の事件が起き、ふたりは離れ離れになった。

その後、連絡先もまるでわからなかったが、二年ほど前、あることがきっかけで再会できたという。

SNS上に、ナショナル・ジオグラフィック好きが集まるサークルがあり、そのなかの、特に鉱石に関心を持つグループに、春翔の名前を見つけたというのだ。

氏名がアルファベットで載せられていたので一瞬わからなかったが、プロフィール欄の出身地と、生年月日は間違いなく春翔と同じだった。そして、アイコンの紫と黄色に光る石の写真を見て確信を持った。

「その石はアメトリンでした」

「アメトリン……？」

聞いたことのない石の名前に仲道は首を傾げた。

「紫色のアメジストと、黄色のシトリンが混ざった珍しい石です。その石のことを教えてくれたのが春翔でした」

小学校に入る前までは、真貴は春翔と近くの河原で一緒に石拾いをして遊ぶこともあったという。「久保さんにもせがんでよく連れて行ってもらいました」と言った。

ある日、真貴は紫がかったきれいな石を見つけた。見てもらいたくて、少し先を歩く春翔を呼び止めた。石を見た春翔にはすぐにそれがなにかわかったようだった。英名アメジスト。見つけた石には白い濁《にご》りがあったが、純度の高いものだと宝飾品にも使われるという。

なんでそんなことを知っているのかと真貴が疑問を投げかけると、春翔は図書館で借りた本で知ったのだと言った。母と一緒に出かけた図書館で、石の写真がたくさん載った図鑑を見つけた。春翔はそれを借り、家で母に何度も読んでもらった。本のなかの知識は、ほとんど記憶したらしい。

アメトリン。

二つの石が混じり合った珍しい石で、南米のとある鉱山でしか採れない。そして――。

「悪いことから守ってくれる力があるんだ、と春翔は私に言いました。この河原にはないけど、いつか南米に一緒に探しに行こうね、って真剣な顔で誘ってくれたんです。幼心に、私の家の不穏な空気を感じていたのだと思います」

それ以来、真貴の心のなかにはいつもアメトリンがあった。小学校へ入って、春翔と遊べなくなってからも。施設に入って孤独に耐えている時も。東京に出てきてひとり暮らしを始めてからも。

「だからそのアイコンを見た時にピンときたんです。春翔だ、って」

すぐにメッセージを送信し、会う段取りをつけた。驚いたことにふたりとも、東京に住んでいた。

「春翔はすでに結婚していて、小さな子供がいるんだ、って言ってました」

その時のふたりが二十三歳。春翔は早い結婚だったのだろう。

真貴は春翔との再会を喜んだ。彼女にとって春翔は特別な友人であり、この世界で最も好きな人だった。

「春翔とはその後、会わなかったんです。だって結婚して家庭もあるし。フェイスブックで時々近況なんかを覗いていて、元気なことだけわかればそれでよかった。けど……」

今年に入って、突然SNS上から姿を消したのだという。もともと、自分から発信することが少ない春翔だったが、アカウント自体がなくなっており、交換した電話番号もラインも全て不通になっていた。

春翔は消息を断った。

昨年の秋ごろから、フェイスブック上で春翔に絡んでくる女の存在が気になっていたという。

「アイコ」と名乗る妙な女。アイコンは名前のわからない花の写真。

コメントのやり取りから察すると、ふたりは直接連絡を取り合っているようだった。

また、子供になにかあったかのような不穏な書き込みもあった。

「会った時に春翔、週末は新木場のバタフライってクラブで働いてる、って言ってたんです。他にも仕事を持っているようでしたが、お金が必要だから、って」

真貴は春翔と連絡が取れなくなってすぐにバタフライを訪れてみた。だが、すでに春翔は職を辞していた。その時に対応してくれたスタッフの男性が、今は休職中のマキタさんならなにか知っているかもしれないと話していた。春翔にはプライベートで仲の良いスタッフは多くはいなかったが、マキタという男性スタッフとは交流があったそうだ。マキタは八月になったら復帰する予定だという。

マキタに話を聞きたいので、博史さんに付き合って欲しい。それが今日、仲道が新木場に呼び出された理由だった。

仲道は疑問を覚えた。真貴がバタフライで話を聞いたのは半年前のことだ。マキタという男が予定通り復職しているとは限らないのではないだろうか。

「大丈夫です。マキタさんは今日出勤予定です」

仲道の心中を察したのか、真貴が言った。

「店に電話して、昔馴染みの客を装って聞いたら、スタッフさんが親切に教えてくれましたから」

真貴がまっすぐな目をこちらに向けながら言った。真貴が男でマキタが女だったら、こうもあっさり教えてくれなかっただろうな。そう思いながら、仲道は真貴を促してコーヒーショップを出た。

生温い海風に吹かれながら来た道を戻る。真貴によると店の開店時間は夜の九時。まだ一時間前だから、スタッフもそれほど忙しくないだろう。うまくすれば、話が聞けるかもしれない。

クラブ・バタフライはライブ会場も兼ねた、大きなダンスクラブだった。母体のネオンコーポレーションは、東京以外にも仙台、名古屋、大阪、博多に店を構える業界最大手のクラブ運営会社だ。

江東区にはあまり縁がない仲道だが、新木場には何度か来たことがあった。警視庁の術科《じゅつか》センターがあるからだ。警官時代は銃の訓練や柔道の試合で年に数回はここへやって来た。当時の後輩が、このクラブのことを噂していたのを思い出す。

クラブ営業時の手荷物検査が厳しすぎて、店と客が揉めるらしいのだ。

入場時に写真付き身分証明書の提示が必要で、手荷物検査とボディチェックがあることはあらかじめ告知されている。だが、まさか財布の隅々、ポケットのひとつひとつまでチェックされるとは客は思っていないのだろう。すでにアルコールの入った客と、屈強な外国人スタッフの攻防は、度々警察署の電話を鳴らした。

考えようによっては、健全な店ではある。

足元のなだらかな階段を下りると入り口の大きな扉が開放されていた。空気の入れ替えをしているのかもしれない。オレンジ色に輝く大きなシャンデリアが、すでに煌々《こうこう》とあたりを照らしている。

なかに入ると、仲道は黒いポロシャツ姿のスタッフらしき男性を見つけた。

「すみません。マキタさんって、今日出勤されてますか？」

すかさず近寄って彼に話しかけた。

「マキタですか？　はい、奥にいますが……、お知り合いですか？」

男性の手には電子タバコが握られている。

「ああ」

男性が仲道の後ろにいる真貴に気づいて、声を上げた。

「あの時は、ありがとうございました」

真貴が礼を言った。

「江川さん、まだ連絡取れないですか？」

男性が電子タバコをひと口吸った。

「プライベートなことはあんまりしゃべったことなかったっすけど、最初にここに入った時、色々教えてもらったの、江川さんなんで。音信不通って聞いて気になっちゃって。僕も周りに聞いてみたんですよ。そしたら、辞める前に〝三年くらいは海外に行くかも〟って、マキタさんに言ってたらしくて。あ！　マキタさん！」

　横を通り過ぎようとしていた男性を、急に呼び止めた。

「ほら、この前話してた、江川さん捜してる人ですよ」

　マキタが少し面倒臭そうに立ち止まった。仲道と真貴に、ゆっくりと近づいてきた。

　真貴が突然身を乗り出して、口を開いた。

「マキタさん。初めまして。久保と言います。江川さんを捜してます。私、幼馴染で、彼と一緒に育ちました。わけあってずっと会えなかったんですけど二年前にやっと会えて。喜んでたんですけどなんか突然連絡がつかなくなって心配して捜してるんです。仕事を辞めてどうするって言ってたとかなんでもいいんです。なにかご存じですか？」

　息継ぎもせず、呼吸が心配になるほどの勢いだ。

　必死な真貴に気圧された様子だったが、マキタは丁寧に答えた。

「江川くん、三年ほど海外に行く、って言ってました」

「海外？　どこに……？」

「えぇ、聞いたら〝これから考える。ちょっと疲れたし、少し休んでから〟って。みんなには言ってなかったけど、実は子供さん、死んじゃって。江川くん結構ショック受けててね。奥さんがもうちょっとちゃんと見てくれてたら、それだけは避けられたのに、って悔しがってました」

江川春翔の子供はまだ一歳にもなっていない乳児だったそうだ。ある日、春翔が出張から一週間ぶりに家に帰ったら、ぐったりと衰弱していたという。

「江川くんの奥さん、いわゆる気持ちの弱い人だったらしくて。妊娠中もカッターで手首を切ろうとしたこともあったそうです。でもまさか、我が子に虐待なんて……」

「わ。マキタさん、そろそろ掃除しないと店長に怒られます」

慌てた様子で先の彼がマキタに告げた。

「すいません。後で、連絡してもらってもいいですか？　もちろんお礼はします」

仲道はジャケットの胸ポケットから名刺を出すと、マキタに押し付けた。マキタは

「失礼します。よかったら遊んで行ってください」と言い残し、店の奥へと戻って行った。

真貴は、下を向いて思いつめたような顔をしている。

「今日のところは一旦帰ろう。彼から連絡があってなにかわかったら、すぐに知らせるから」

真貴は一点を見つめたまま返事もしない。肩にそっと手を置くと、やっとコクリと頷き、歩き出した。

湿気を含んだ海の匂いが、仲道の鼻をかすめた。

3

深夜一時を回っていた。

家に戻ると突然腹が空いてきた。帰りに真貴になにか食べさせた方が良いかと考えたが、明日も早朝から仕事で、車を会社に戻さなくてはいけないという真貴を誘うのははばかられた。結局彼女のトラックの前で別れた。

仲道はその後、ひとりでバタフライに入り、かつて春翔が働いていたという店内の様子をしばらく眺めた。

簡単なスナックとハイボール片手に二時間ほど店内をウロウロしていたが、特に収穫はなかった。爆音で音楽を聴き続けたせいで耳の奥が少し痛くなった。

熱湯をカップ麺に注ぎ、待っている間に携帯で江川春翔の痕跡を探してみる。

フェイスブックにアクセスするとＩＤとパスワードを求められた。数年前に登録した気がするがアカウントを思い出せない。面倒なので後回しにする。

〝江川春翔〟で画像を検索してみる。

春翔に似た顔の男が写った一枚が、検索結果一覧の下の方に見つかった。クリックするとまたＩＤとパスワードを求められた。誰かのフェイスブックにアップされた画像なのだろう。もしかしたらナショナル・ジオグラフィック好きのサークルに所属しているユーザーかもしれない。

一覧画面の該当写真部分を拡大してみた。男女が入り交じった五人ほどのグループ写真で、一番右端に写った春翔は、笑うでもなく、無表情で写真に収まっている。日付は三年前。真貴が春翔と再会する約一年前だ。石が好きな仲間たちと居酒屋でオフ会を行った時の一枚のようだ。

念のため、スクリーンショットで画面保存しておいた。

次に、真貴が話していた妙な女〝アイコ〟を検索する。

膨大なヒット数だった。有名なミュージシャン、パソコンの関連機器、家具会社、ミニトマトの品種などあまりに雑多で、まったく特定できそうになかった。

これに関しては週明け、事務所に最近やってきたバイトの悠次郎《ゆうじろう》に話そう。彼ならそこから必要な情報を抽出できるはずだ。

仲道は慣れた手つきで、カップ麺の蓋《ふた》をめくり、遅い夕食を口にした。しまった。置き過ぎた。

翌土曜日の夕方、昨日会ったマキタから連絡があった。

今晩もバタフライで仕事だが、その前に時間を作ってくれると言う。どうやら〝お礼〟のひと言が効いたらしい。

予定の時間より早く、仲道は新木場駅前のカフェに入った。

だが真貴はすでに席についていた。

仲道がコーヒーを注文すると、真貴は幼い頃に撮った一枚のスナップ写真を取り出した。

写真には、無邪気に微笑む真貴と春翔が写っている。真んなかには赤ん坊がいた。真貴の妹だろう。少し顔が切れているが、白い割烹着を着た、伯母の朝子が後ろに写り込んでいる。

「死ぬことを考えない日はないです」

「真貴ちゃん、ダメだよ。そんなこと考えては」

仲道はありきたりな言葉を思わず口にした。

哲学者たちの言葉を頭のなかから引き出そうとするが、こんな時に限って出てこない。

「いえ。私が自殺したいとか、そういうことじゃなくて、〝死ぬ〟ってことが頭から離れない、ということです」

隣の席で携帯電話を触っていた男が画面から顔を上げて真貴を見た。

「私は死ねません。だって、私は父親に殺されなかったから……」

真貴は目を伏せた。

「私も一緒に殺して欲しかったと、あの日からどれだけ思ったかしれません。でも、殺してもらえなかった……。なんで私も一緒に殺さなかったのか」

いらっしゃいませと客を迎える店員の声が後ろで響く。

「今、私はこの世にまだ存在していて、こうやって、息をして、こうやって話をして、こうやって今日を過ごしています。そのことに、なにか意味があるのかもしれない。いや。ないのかもしれない。でも、実際に今、生かされています。私の意志でもなく、誰の意志でもなく、ただ、今、こうやって生きてしまってるんです」

噴き出るように真貴の口から言葉があふれる。

「憎んでます。父を。心底憎い。この世に生きていたら、この気持ちを思いっきりぶつけて、砂かけて、蹴っ飛ばして、思いっきり泣いて、喚いて、文句を言ってやりたい。でも、あの人は、私ひとりを残して、母も妹も奪い去って、自分もいなくなってしまった。終わり。終わりです。突然、自分と母と妹の三人の人生を終わりにして、ついでに私の人生だってほとんど殺して逝ってしまった」

真貴の視線が手元の写真に移る。

「終わりって突然やってくるんですよ」

真貴は一旦言葉を切って水を口にした。

仲道は真貴の手から、写真を取った。写真のなかの真貴は、その幸せが突然終わることをまだ知らない。人生は残酷だ。

「だから私、今日できることを明日にしたくないんです。久保さんのことも後悔しているんです。自分を大切に思ってくれていたのに、小さい時からずっと守ってくれていたから甘えたままで、ろくに会いにも行かず……。本当に馬鹿なんです。だから……」

真貴が顔を上げた。仲道と視線が合う。

「だから、春翔を捜すこともそうなんです。一日でも早く、春翔の無事を確認して、彼に会いたいんです。そのためなら私、何でもしたいんです」

言い終わった後、真貴はまた目を伏せた。

「久保さんの気持ちをこんな風に使ってしまってはいけないのかもしれないんですが……。遺してもらったお金で、博史さんに春翔を捜してもらう経費を支払いたいと思ってます」

真貴はそう言うと、仲道の手から写真を取り戻して鞄にしまった。

仲道は考え込んだ。真貴の気持ちは痛いほど伝わってきた。ここまで言われたら従兄として依頼を受けなければなるまい。

「わかった。できるだけのことはしてみよう」

仲道は言った。

「ほんとですか?」

真貴が聞く。

「ああ。ただし、金はいらない」

「えっ……」

伯母が真貴のこれからを思って遺した金だ。できるだけ手をつけたくない。事務所の社長も事情を話せばわかってくれるだろう。調査料は仲道が肩代わりしてもいい。いざとなれば給料から分割で天引きしてもらえばいい。できることなら交通費くらいは事務所からいただきたいが、贅沢は言っていられない。私的な調査を許してもらうだけで良しとしよう。通常業務の合間を縫うことになるので、しばらく忙しくなりそうだ。仲道は覚悟を決めた。

「伯母さんのお金は、大切に取っておきなさい」

そう言うと、真貴はしばらく仲道を見つめた。

下を向き、深く頭を下げた。

「ありがとうございます——」

仲道は運ばれてきたコーヒーに口をつけた。店内を見回すと、昨日会ったマキタがきょろきょろと自分を探しているのが見えた。

手を上げて、こっちだと誘う。ウエイトレスも背後から一緒にやってきて水を置いた。

「すみません。遅くなって。あ、僕もコーヒーお願いします」

マキタが注文を告げて真貴の横の席につく。

「こちらこそ、お仕事前にありがとうございます。早速なんですけど、昨日最後に言いかけてた、江川さんの元奥さんの件がちょっと気になったんですが」

仲道は続きを話すよう促した。

「ちょっと大げさになっちゃいますけど、僕は虐待に近い状況だったんじゃないかと思ってますよ。だって、赤ちゃんの面倒をちゃんと見ていなかった、ってことですよね。なにもできない子供に、必要な栄養を与えず、医療を受けさせない、って虐待だと思いませんか」

「つまり奥さんの育児放棄で、赤ちゃんは亡くなった、と」

「ええ。僕はそう思います。結婚して子供が出来てから奥さんも落ち着いたって江川くんは言ってたけど、結局いろんな不安が拭えなかったんですかね。奥さんもかわいそう、っちゃかわいそうですけど、子供はもっとかわいそうです」

「その後、奥さんは……？」

「離婚して実家に帰ったようですよ」

ウエイトレスが、テーブルにマキタのコーヒーを置いた。マキタがカップに口をつける。

「マキタさん、江川さんとどうしてそんなに親しいんですか？　年齢も随分違いますよね。伺ったところによると、江川さん、そんなに社交的でもなかったみたいですが」

「なんだかオタクっぽいのであまり職場では言わないんですけど、僕、石が好きなんですよ。小さい時から色んなとこ行って集めるのが趣味で、珍しい石見つけたら写真を撮ってSNSに投稿したりして。それでいつだったか、江川くんの携帯の待ち受けが珍しい石の写真なのを見て、つい反応しちゃって」

「もしかして」

それまで黙っていた真貴が突然会話に割り込んできた。

「はい？」

驚いたマキタが真貴の方を向いて言った。

「それって、アメトリンじゃないですか？」

そう言うと、真貴は自分の携帯の待ち受け画面をマキタに見せた。

「そうです。よくわかりましたね」

「小さい頃、春翔に教えてもらったんです。悪いことから守ってくれる石だって」

「そういう力があるとされていますね。その写真とは別のものでしたが、確かに江川くんの待ち受けもアメトリンでした。お守りがわりに待ち受けにしているって彼も言ってましたよ」

「春翔……」

期せずして、ふたりは同じ石の写真を、同じ目的で待ち受けにしていたのだ。仲道はふたりの間にある絆《きずな》を感じずにはいられなかった。

「それで、フェイスブックで繋がって。そのなかの〝ナショジオ仲間〟ってグループに所属していたんです。江川くんと僕は特に隕石とか、鉱石が好きだったんで、グループ内の少数サークルにも入っていて。オフ会にも一緒に行ったりしました」

「それって、この写真の時ですか？」

仲道は昨夜スクリーンショットで保存したオフ会の写真を携帯の画面に表示してマキタに見せた。

「あぁ！　はいはい。これ、僕が行けなかった時のやつ。江川くん、写ってますね」

「ちなみにこのなかにアイコさんっていますか？」

仲道は春翔にフェイスブックで絡んでいたという謎の女について質問してみた。

「アイコさん……？」

「江川さんが親しくされていたようなんですが」

しばらく考え込んでいたマキタが声を上げた。思い出したようだ。

「ナショジオに入ってた人ですよね？　江川くんとフェイスブックでやり取りしていた」

「そうみたいですね」

「オフ会とかには来なかったので顔は知らないんですよね。だからこの写真のなかにいるかどうかはわからないんですが……」

そう言うとマキタはバッグのなかから携帯電話を取り出して操作し始めた。

「ああ、これだ」

マキタは携帯をテーブルに置いて仲道に画面を見せた。真貴も身を乗り出す。アイコンは、長い髪で目がぱっちりとした女性の可愛いイラストで背景画像にはグランドキャニオンの写真が使われている。名前は〝アイコ　AIKO〟と表記されていた。

〝保母さんやってます。地球の不思議と、食べること大好きです。ヨロシクおねがいします。〟

「このひとのことですかね？」

公開プロフィールでは出身地は東京、居住地は新宿となっている。

「江川くん、店を辞めた後に、フェイスブックから登録消しちゃったみたいで。僕もまめに毎日見る方じゃないんで、気がついた時にはいなくなってたんですよ。で、なにかあったのかと思ってラインを送ろうとしたら、そっちも退会していて。電話はかけてないです。今、かけてみましょうか？」

真貴は電話も通じなくなっていた、と言ったが、春翔の番号がひとつとは限らない。

真貴は黙ってマキタを見つめている。

「お願いできますか？」

仲道は言った。

マキタが春翔の番号に発信する。

「ああ……。現在使われていないそうです」

電話をテーブルに置いて、マキタは顔を上げた。

「あとひとつ、思い出しました。女性だと思うんですが、もうひとり江川くんに絡んでる人がいました。Mなんとか、って名前だったか」

それはおそらく真貴だろう。

仲道が視線を送ると真貴は頷いた。

その後、春翔の住所、もしくは履歴書が手に入らないかとマキタに持ちかけ、手に入るのであれば買いたいと申し出た。

マキタは、約束はできないが、ひとまずオーナーに話してみると言ってくれた。謝礼の入った封筒をマキタに渡すと、仲道は真貴を促して店を出た。

4

道玄坂を登り切り、神泉の方へ少し向かった場所にある、細長い雑居ビル。その三階に『六本木《ろっぽんぎ》探偵事務所』はあった。

仲道の勤め先だ。渋谷にあるのに〝六本木〟なのは、代表が六本木哲太《てった》という名前だからだ。

警視庁の刑事部で二十年のキャリアを持ちながら、本人いわく肌に合わないという理由で離職し、飲食店を経営しながら、探偵事務所を開いているという変わり者である。

本当に肌に合わない仕事なら、二十年間も勤めることはできないだろうから、おそらく別の理由で辞めたのだろう。仲道もまた、自分の離職理由は話したくなかったので、お互い問い質《ただ》したことはなかった。

朝八時半に事務所に到着すると、すでに香ばしいコーヒーの香りが部屋に充満しており、仲道の顔は自然にほころんだ。

事務所唯一のアシスタントの悠次郎が、ガラスのドリッパーに器用に円を描きながら湯を落としている。

「おはよう。いい匂いだな」

「おはようございます、仲道さん。今日はできるアシスタントなんで、なんでもお申し付けください」

代表の六本木が、自分の店で出会った楓山《かえでやま》悠次郎を事務所に連れてきたのは先月のことだ。線の細い、やけにニヤニヤした顔つきの男だった。

元々、映像関係の仕事をしていたらしいのだが、フリーランスなので、気に入った仕事しか受けないらしく、一年のほとんどをフラフラとパチンコなどをしながら暮らしているのだという。

六本木は、飲食店経営にその才能を発揮し、そっちで十二分に利益を得ている。探偵事務所は、彼の趣味でやっているようなものだった。利益を追求していないので、売上げにあれこれ文句をつけないことは助かっている。しかしそれゆえに、不採算事業のこちらには満足にスタッフも割《さ》かれていない。だから仲道にとってはどんな人材でも、人が増えることはありがたかった。

「六本木さんにどれくらいのレベルのアシスタントが必要なのか、って聞いてみたんですよね」

初顔合わせの日、悠次郎はそう言うと、かつて人から聞いたというお気に入りの話を語り出した。

ニューヨークで仕事をしたある日本人カメラマンが、現地でアシスタントを雇おうとした。アシスタントを派遣するエージェントはカメラマンに聞いてきた。

「A・B・Cの三ランクのアシスタントがいまして、Aは時給五十ドル、Bは時給三十ドル、Cは時給十五ドルです。どのランクにしますか？」

カメラマンは費用を抑えようとして、初日はCランクでオーダーした。

すると撮影当日、そのアシスタントは時間には遅れてくる。無精髭を生やして服装もだらしない。コード類の巻き方はむちゃくちゃ。撮影道具もろくに揃っていない。

カメラマンはこれでは撮影どころではないと思い、翌日はAランクのアシスタントをオーダーした。

迎えた翌日の撮影。カメラマンがスタジオに入ると、照明はきっちりと立てられ、パネル類やバック紙、スタンド類や配線も完璧で、さらには美味しいコーヒーまですでに用意されていた。さすがAランクのアシスタントだな、とカメラマンは感心したのだが、パリッとした清潔感のあるシャツを着たその男性に、どこか見覚えがある気がした。

よく見ると、それは昨日のCランクのアシスタントと同一人物だったという。

「この話を六本木さんにして、どのレベルのアシスタントをご所望ですか？　って聞いたんです」

六本木は少し考えて、週に三日がAランク、残り二日がCランク、ということで話をつけたらしい。

そんなややこしいことをしなくても、ずっとBランクの方がわかりやすいと思うのだが、六本木は面白がっているに違いない。結局仲道は、仕事にムラのあるアシスタントと一緒に働くはめになってしまったのだ。

悠次郎がコーヒーカップを仲道のデスクの上に置いて言った。

「仲道さん、本名のアカウントでアイコに接触したんですね。名前、変えたほうが賢明でしたね」

金曜からの経緯を伝え〝アイコ〟の探し方を教えて欲しいと悠次郎には伝えてあった。教えてもらうどころか逆に注意されてしまった。

仲道も実際、本名のアカウントでアイコに接触するのはどうかと思ったが、即席のものでは友人の数や登録日数の少なさから警戒されるかもしれない。それならば、登録してからほとんど放ったらかしにしているアカウントの方が、その歳月だけで信用されるし、潜り込みやすいだろうと考えたのだ。ようやく思い出したＩＤとパスワードでログインして接触したのだが、裏目に出たようだ。

「せめて名前の表示をアルファベットにするとか、一見わかりにくい方がいいですね。

印象が薄くなりますから。漢字だと覚えられやすいし、調べられやすいんです」

今更遅いかもしれないが、アイコンくらいは変えておこう。仲道は大好きなソクラテスの顔から、宇宙の暗闇に浮かぶ、美しい地球の写真に差し替えた。

5

そもそも、春翔はどうして自分の痕跡を消したのだろう。

ただ姿を消しただけなら理解はできる。マキタに言ったように、春翔は本当に海外を旅しているのかもしれない。人間誰しも、自由になりたくなる瞬間があるものだ。オーストリアの哲学者、マルティン・ブーバーは言っている。

「どんな旅にも、旅人自身も気づいていない秘密の終着地がある」

瀬戸内家の件、亡くなった子供の件で心に傷を負った春翔が新天地に希望を求めたとしても不思議ではない。その他にも、色々なケースが考えられる。借金を苦にして蒸発したのかもしれないし、人生に絶望してどこかの山林で自殺しているかもしれない。しかし、いずれにしても腑《ふ》に落ちないのは、SNSを全て断ち切っていることだ。自分の行き先を誰にも知られたくないのなら、投稿しなければいいだけだ。自ら情報を発信しない限り、他者に足跡を知られることはない。

ではなぜ、すべてのSNSから退会したのだろうか。江川春翔という人間が存在していたことを、ネットから削除したかった……？　自分を抹殺したかった……？　そこまで厭世《えんせい》的な気分になったら、退会手続きなんて面倒なことはせずに、旅に出るなり、蒸発するなり自殺するなりすると思うのだが……。

人間とは不可解な生き物だ。仲道は事務所のデスクで春翔失踪の謎に思いを馳せ、ため息をついた。

しばらくしてマキタ経由で春翔の住所がわかったが、その品川の住所には誰も住んでいなかった。付き合いのある弁護士に頼んで住民票をたどると、品川から渋谷区笹塚に転居届が出されていた。

仲道は真貴と一緒にその住所を訪ねることにした。

京王線笹塚駅から五分ほど歩いた場所にその小さなアパートはあった。入り口のポストの一〇二にはアルファベットでEGAWAの文字がある。それを見た真貴に笑顔が浮かんだ。

インターホンを鳴らして春翔との再会を待った。だが、その部屋から現れたのは、春翔とは似ても似つかない、涼しげな目をした細面の短髪の男だった。真貴も仲道も友達が遊びに来ているのかと思い、彼の向こうに春翔を探したが、誰もいる様子はない。

仲道が柔らかい口調で「江川さんいらっしゃいますか？」と言うと、その男は「はい。僕です」と答えた。

「違う！」

真貴が仲道を押しのけて男に食ってかかろうとする。男はその剣幕から察するものがあったのか、真貴を突き飛ばしてドアを閉めた。

「ちょっと、あなたは誰ですか？」

ノックしながら問い質す仲道に、男はドアの向こうから「江川さんは今はいません。お帰りください」と繰り返すばかりだ。

ドアを叩いて泣き喚く真貴をなんとかなだめてその日は帰らせた。仲道は翌日、男を尾行することにした。

男は笹塚のアパートを午前八時半前に出た。

軽装でバッグもなにも持っていない。後ろから尾《つ》けていると、デニムの尻ポケットが両方とも膨らんでいる。財布と携帯電話だろうか。

男はしばらく歩き、笹塚駅に入る。京王線に乗車し、新宿経由でJR中央線に乗り換えて高円寺駅で下車した。改札を出て北口へ向かう。ロータリーを越えて商店街を抜け、歩くこと約五分。小さな雑居ビルのなかに入って行く。エレベーターに乗った。階数表示を確認すると、数字は3で停まった。

時計は間もなく十時をさそうとしていた。

エレベーター横の案内板を見る。三階には『cafe BAR モンシェリー』とあった。営業は十一時からのようだったので、近くの喫茶店で時間を潰すことにした。

待っている間に携帯電話で〝高円寺　モンシェリー　カフェバー〟と打ち込み、検索してみる。グルメサイトの情報が表示された。夜のバータイムに提供される大豆のジャーキーとアボカドサラダが人気らしい。女性客が多いようだ。

開店時間になり店へ向かう。褐色肌の若いウエイトレスに窓際の席へ案内された。男の姿は見当たらない。キッチンで働いているのだろうか。ランチメニューの一つを選び、注文した。

しばらくして、厨房に繋がるカウンターから料理を出すスタッフの顔が見えた。あの男だった。こちらには気づいていない。

料理を運んできたウエイトレスに聞いてみた。

「夜は何時からバーなんですか？」

「六時からです。ランチは三時までになります」

目の前に、豚の生姜焼きが置かれた。

「さっきグルメサイト見てたら、ここの大豆ジャーキーが美味しいと書かれてましたよ。珍しいですよね」

「はい。外国人客でベジタリアンやビーガンの方も多いので、店長が工夫して作ったんです」

タレの甘い匂いが食欲を刺激する。うまそうだ。

「店長さん、ってあのキッチンにいる人ですかね？」

ウエイトレスがキッチンの方を向く。

「いえ。あの人は店長ではないです」

「あ。あれ、江川さんですかね？」

仲道は今気づいた風を装って言ってみた。

「お知り合いですか？」

「やっぱり。似てると思ったんですよ。ちょっとした知り合いでね」

へぇ、と薄い唇で興味なさそうに言うと、ウエイトレスはカウンターに戻って行った。

肉と白飯を口に運びながら、ウエイトレスの動向を目で追っていると、カウンターで仲道のことを告げたらしく、なかから男が顔を出した。仲道を見た瞬間、男はぐっと眉間にしわを寄せて、目を逸らした。

悪い憶測が当たって欲しくはなかったが、やはりそうだった。口を動かしながら、残念な気持ちが湧いてくる。同時に真貴の顔が浮かんだ。長い間、こんな職業についていたせいで、春翔の身の上については、悪い想像しか浮かんでこず、楽観的な考えは微塵《みじん》も出てこなかった。

あぁ。春翔は今、生きているだろうか。

生姜焼きは肉の厚みとタレの甘みのバランスが絶妙で、美味しかった。

食事が終わった後、会計に出てきたのは〝江川〟と呼ばれている男だった。ランチタイムが終わって落ち着く四時に会う約束を取り付け、仲道は店を後にした。

背後で子供の声がかん高く響いた。目の前では小さな男の子二人が、滑り台のついたジャングルジムの上に登って行く。

仲道は男と小さな公園のベンチに腰をおろした。

絶対に警察やあいつらに言わないという約束なら、と男は前置きして重い口を開いた。

「僕は、十六歳になるまで、生まれてからのほとんどをアパートのなかで過ごしていました」

男は物心ついた時から、〝おかぁちゃん〟と呼ぶ女性とふたり暮らしだった。小学校や中学校も行かず、彼女とともに、十六年間を小さなアパートの一室で過ごしていたのだという。

けた。家では勉強が終わるとずっとテレビを観ていた。学校というものは知っていたが、子供は「学校に行って勉強する組」と「家で勉強する組」に分けられていて、自分は後者に入るものだと思っていた。

十五歳になった時〝戸籍〟の話をおかぁちゃんに教えられた。この国で生きていくために必要な、〝戸籍〟という証明書が、自分にはないのだということを。

だから、学校に通うことができなかったのだと。

そこで初めて「家で勉強する組」などなく、自分以外が全員「学校で勉強する組」だと知った。

おかぁちゃんはさらに、お前には本当の母がいたのだと言った。その人は自分の知人だったが、お前を産んですぐに死んだ。だからお前の本当の父も知らない。また、産みの母が〝戸籍〟を持っていなかったから、お前にも〝戸籍〟を与えることができなかったと説明した。

男は十六歳になると、水商売の世界に入った。キャバレーの皿洗いだ。アパートを出て、店の寮で暮らし始めた。おかぁちゃんのところへは、最初は半年に一度くらい帰っていたが、だんだんと足が遠のき、そのうち年に一度ほどしか帰らなくなった。

そんなある日、久しぶりにアパートに帰ると、鍵が使えなくなっていた。大家に訊ねると、半年前におかぁちゃんが不慮の事故で亡くなったと聞かされた。彼女のその後について色々と訊ねてみたが、おかぁちゃんと自分の関係を証明するものはなにもなく、男は何の情報も得られなかった。

部屋にはすでに別の人が住んでいた。

茫然自失した。男のいない間に、おかぁちゃんごと、なにもかもが消えてなくなっていたのだ。

またそれは、自分の身分を証明してくれる人間がこの世に誰ひとりいなくなってしまったことを意味した。男の出自は答えを永遠に失ってしまった。

一度は自分の戸籍を取ることができないかと奔走したこともあった。

好きな人ができ、その人が妊娠したからだ。

彼女には無戸籍であることを打ち明け、一緒に役所の戸籍係、支援団体にも相談に行った。だが、戸籍のない人間がそれを作るという作業は途方もなく大変だった。簡単に作れてしまえば、それを悪用する人間で日本はあふれてしまう。特に男のように証明する人が誰一人いないとなると、役所にとっては密入国者と同じ扱いなのだ。

彼女が出産を迎えるまでの十ヶ月やそこらで答えが出るはずもなかった。また、その希望すら手続きを踏むなかでは見えてこなかった。

自分に戸籍がない、ということは入れる〝籍〟がないのだから、当然彼女も入籍できないし、子供に戸籍を与えることもできない。

このままでは自分と同じ境遇の子供が生まれてしまう。

とにかく自分の戸籍が欲しかった。

そんな時、行きつけの新宿のゴールデン街のバーのマスターに「戸籍なら買えるよ」と持ちかけられ、〝佐藤〟と名乗る、関西弁を話すスキンヘッドの男を紹介された。そして手順を踏み、その男から〝江川春翔〟の戸籍を買った。金額は二百五十万円。水商売で貯めた金は全て消えた。

結局彼女は流産してしまい、別れることになった。しかし自分の〝戸籍〟を手に入れ、生まれて初めて〝健康保険証〟を手にし、銀行口座を持つこともできた。戸籍があることで、やっとこの国の仲間に入れてもらえたような気持ちになった。

買い取った他人の身分に最初はそわそわしていたが、スーパーのポイントカードの申し込み用紙や、アンケート用紙、そんなひとつひとつに名前を書き込んでいくうちに、江川春翔の名前は自分のものになっていった。身分証がひとつ増えるごとに、自分は江川春翔だと実感していった。

今、付き合っている恋人や知り合いからは、最初から江川と呼ばれている。おかぁちゃんから呼ばれていた名前はあだ名のようなもので、大人になって江川春翔という本名に変わったのだと思っている。

男は長い話を終えると、自分の写真が付いた、〝江川春翔〟の運転免許証を見せてくれた。

「僕が、江川春翔です。もう、そっとしておいてくれませんか」

子供たちの声は、もうどこからも聞こえなくなっていた。

6

仲道は花園《はなぞの》神社の鬱蒼とした木の下を歩いていた。

群れをなす虫たちが目に入り、一瞬足を止める。一匹一匹はものすごく小さいが、塊となって目の前に飛んで来られると、とてつもなく鬱陶《うっとう》しい。頭のそばにきそうな塊を避けて、境内を横目に階段を下りていった。

四谷で所用を済ませていた仲道にメールが入った。

今は江川春翔と名乗っている男が、佐藤という戸籍ブローカーと出会ったバーのマスターからだ。

タクシーを捕まえて花園神社の前で降り、境内を抜けると、そこにはゴールデン街の入り口があった。

仲道は歩きながら一週間前に男から聞いた話を思い出していた。

男は佐藤にこう言われたそうだ。

「江川は病気で余命いくばくもない、君と同世代のやつでな。治療を受けるために金が必要なんや。だから戸籍を売ることにした。君はなにも心配せんで大丈夫や。これからは彼の代わりに、君がきっちり生き抜いたってや」

戸籍を売ってくれた江川春翔は、もうじき死ぬ運命の人なのだという。

「しかも、江川の戸籍はAランクや。犯罪歴なし、運転免許もパスポートも取ってへん。ほんで君と同世代。こんなええ戸籍に巡り会えるとは、君はついてるよ。ほんまに」

仲道は、佐藤の連絡先を教えてもらえないかと頼んだが、男はすでに佐藤とは連絡が取れないのだと言った。一度、本籍地のことで聞きたいことがあって電話を鳴らしたが、もうその番号は使われていなかった。電話かメッセージ機能で連絡を取り合っていたので、番号が不通になったことでコンタクトを取る方法はなにもなくなってしまったという。

確かめてはいないが、佐藤と出会ったゴールデン街のバーはまだ営業していると思う、と男は言った。それからまだ半年ほどしか経っていないのだから。

仲道は、その店へ足を運んだ。幸い、一見《いちげん》さんお断りの店ではなかったので、ひとりでふらりと訪れた後はすっかり常連扱いしてくれた。

マスターに真正面からぶつかって客の情報など聞きだせるはずもなかったが、袖の下も使いつつ数回通うと、徐々に情報が入ってきた。佐藤は最近、めったに顔を出さないらしいが、その仲間の男がたまに来ているということだった。男の名前はタクヤ。そしてつい三十分ほど前、そのタクヤが来店したという知らせが仲道に入ったのだった。

ちなみに一回の飲み代が五千円弱。これにマスターへの情報提供料を合わせて、一週間通って五万円近くが消えたことになる。事務所の社長の六本木は予想通り、私的調査の許可を出してくれた。悠次郎も使っていいという。ただし、経費は仲道持ちというのが条件だった。調査料を肩代わりすることを考えたらだいぶ安上がりだが、一週間で五万円とは、薄給の仲道にとっては痛い出費だ。

仲道が店に入りカウンターに腰掛けると、マスターがほとんど両目をつむるようなウィンクをよこして、視線を右に動かした。

視線の先を見ると、金髪に近い長髪のチャラそうな男がカウンター奥に座っていた。

「いや、だからこの前の子はマジ良かった。なんつーか、あの縛った時の肉の食い込み加減と血管の浮き方が、俺的には塩梅《あんばい》いい、っていうのか」

隣に座っている、もう少し若い男に向けて金髪男は一方的に話している。金髪男がタクヤだろう。マスターから最初に買った情報だ。

仲道は携帯電話からマスターにそっとメッセージを送る。

〝もうひとりの男の名前、わかりますか？〟

薄く作ってもらったウイスキーのソーダ割りに口をつけた。

タクヤは饒舌に、緊縛プレイの素晴らしさについて語っている。

奥に座っている若者は、髪の色も普通で、どこか頼りなげな印象だ。

チャリン、と小さくメッセージ受信の音がした。仲道は携帯電話に視線を落とす。

〝マモル〟

顔を上げてマスターを見ると、また両目をつむって不器用なウインクをよこした。

しばらくしてふたりは店を出た。仲道は後を追った。タクヤはかなり酔っ払っていたので尾行するのはたやすかった。

ふたりはゴールデン街から歌舞伎町を抜けて、西新宿の方へと歩いて行った。小滝橋通りの信号を渡り、やや細い道に入ったところで、タクヤはマモルと別れた。

仲道は迷わずタクヤの後を追った。

店を出た時から続いている、酔っ払い特有のゆらゆらした足取りは一見危なげだが、大きく道を逸れることも、バランスを崩して転ぶこともなく、タクヤは進んで行く。しばらく歩くと、白い外装の集合住宅へとタクヤは入って行った。階段を上がり、二階の廊下へと消える。仲道も急いで後に続く。一瞬でどの部屋かを確認した。重ためのドアを閉める音が廊下に響いた。

虫の鳴き声があたりを充たしている。

突然、廊下の室外機が作動し始めた。タクヤがエアコンのスイッチを入れたのだろう。

仲道は部屋の前から離れると、シャツの胸ポケットに挿したペン型の小型カメラで、部屋の外観と階段の写真を何枚か押さえた。

7

天気予報で、今年は冷夏だろうと言っていたのは一体なんだったのだろうか。

冷房をキンキンに効かせた事務所内で、仲道はスマホと格闘していた。今日はCランクの日なので、昼休みの時間を過ぎても悠次郎は戻ってこない。コーヒーが飲みたいと脳が欲しているが、悠次郎が戻るまで我慢しよう。同じ豆と水なのに、自分が淹れるより、どうしてか悠次郎が淹れたコーヒーの方が数倍美味しいのだ。

目が疲れて携帯から目を外した。

今、仲道が格闘しているラインの相手は、アイコだ。

春翔にフェイスブック上で絡んでいたという謎の女である。悠次郎のアドバイスのもと、仲道はフェイスブックにせっせと偽の近況をアップしていた。ひとりで観に行った映画の話。ひとりで食べに行ったご飯の話。ひとりで観たナショジオ番組の話。

——とにかく孤独をアピールするんです。

それが悠次郎の授けてくれた戦略だった。詐欺グループが探しているのは、寂しさを紛らわせるためにSNSに依存している人間。心の隙間に付け入るのがやつらの手口なんです。悠次郎はわけ知り顔で言った。

また仲道はアイコの投稿もマメにチェックしてその都度コメントした。美味しそうですね。今度僕も行ってみます。その番組、僕も観ました——。

そうした努力が実り、アイコはメッセンジャーやラインでの連絡を持ちかけてきた。第三者にはわからない、直接のやりとりである。

当初は、上っ面をなぞるような差し障りのない内容だった。

天気の話、今日食べた朝ごはんの話、変わった味のお菓子の話、話題の芸能人の話。だがたまに、言葉が妙に実を持っている時があった。家族の話や将来の話。そんな話題になると、彼女は決まって話を逸らし、言葉が少なくなった。

アイコが、詐欺グループの末端の人間である可能性は高い。そのうちに仲道にもなにか仕掛けてくるだろう。それはわかっている。しかし、無数の言葉がふたりの間で積み重なっていくにつれ、アイコという人間が徐々に像を結んでいき実在感を増していくような感覚が仲道にはあった。詐欺グループの手口にまんまと乗せられているのかもしれないが、それでも仲道はアイコが心配だった。当たり障りのないやり取りの時の機械的な返信と、パーソナルな話題の時の鈍い反応との落差は一体なんなのだろう。もしかしてアイコは、悩みを抱えているのではないだろうか。

そんな雰囲気を感じた時、仲道はお節介にも自分の好きな哲学者や偉人の言葉を送った。

ひょっとしたらアイコのなにかに響くかもしれない。

〝「魂の探求のない生活は、人間にとって生き甲斐のないものである」（ソクラテス）〟

〝「昼の光に、夜の闇の深さがわかるものか」（ニーチェ）〟

〝「人間は努力する限り、過ちを犯すものだ」（ゲーテ）〟

今朝は、局面の進展を期待して電話を鳴らしてみたが出なかった。アイコはなんだかんだと理由をつけて、話せないという。番号は、やりとりを始めてすぐに「電話は苦手です」という一行と一緒に送られてきた。

初めてかけてみたが、結局通話は叶わなかった。

頭を叩くような不快な鈴の音が部屋に響いた。仲道が嫌いなドアベルだ。六本木がどこかで買ってきたものらしい。嬉しそうに取り付けていたから、本人は気に入っているのだろうが、仲道は取り外したくて仕方がない。

携帯から顔を上げ、入り口を見るとそこに真貴が立っていた。事務所に来るのは初めてだ。

「真貴ちゃん？」

「博史さん、昨日言ってた手がかりの住所。やっぱり教えて欲しくて」

「あぁ。あれは気にしないで。まだ確証を摑んだわけではないんだ。限りなく怪しいけれど」

真貴が業《ごう》を煮やしていることはわかっている。江川春翔が身分を売ってしまったところまでは判明したものの、行方については遅々として調査が進まない。

しかし、気持ちがわかると言えどそのことを口にすべきではなかったと仲道は後悔していた。

真貴は勤めていた配送会社を辞めていた。昨日の電話で初めて聞かされたのだった。春翔が見つかった時にいつでも会いに行けるように体を空けていたいのだという。寮を出て今は阿佐ヶ谷で一人暮らしをしている。おそらく伯母が遺した金を使ったのだろう。真貴のものだからとやかく言う筋合いではないが、もったいない気がしなくもない。とりあえず春翔が見つかってからでも遅くないのではないかと思ったが、どうせ聞く耳を持たないだろうから言わずにおいた。

相変わらず、黒の服に身を包んでいる。初めて会った時には肩の下まであった黒髪は、なにかの決意を表すかのように、顎の下あたりでバッサリと切りそろえられている。唇には赤い口紅。さながらユマ・サーマンのようだ。

「真貴ちゃん、『パルプ・フィクション』って映画知ってる?」

仲道はまったく関係ない話題を振ってみる。

じっと真貴が仲道を睨む。

嫌いなドアベルの音が再び響いた。悠次郎だ。

「あら、もしかして真貴さん?　いらっしゃいませ」

LUCKYと胸に描かれたグレーの長袖Tシャツを着た悠次郎が、にっこりと真貴に微笑みかける。

真貴は不審者を見るような目で悠次郎を見返した。

仲道は慌てて紹介した。

「アルバイトの悠次郎だ。春翔くんのことも手伝ってもらってる」

「よろしくねっ」

悠次郎が軽薄極まりない挨拶をした。

「よろしく、お願いします」

なおも悠次郎を睨みながら、妙な間を空けて真貴が言った。こんな男に人捜しなんてできるのかと訝《いぶか》しく思っているのだろう。大丈夫、Aランクの時のこいつは優秀だから。今日はCランクだけど。

「悠次郎、コーヒー、コーヒー淹れてくれるかな」

仲道は空気を変えるために言った。

悠次郎は「はーい」と間延びした返事をして、そそくさと奥へと引っ込んだ。

「まあ座りなよ」

仲道は自分の正面のソファを真貴に勧めた。真貴がしぶしぶといった表情で腰掛ける。

「手がかりと言ったってね、昨日わかった住所はタクヤってやつのもんなんだ。春翔くんが戸籍を売った佐藤とは別人なんだ。佐藤と繋がりのある人間であることは確かだけど、春翔くんの行方までは知らないかもしれない」

「でも、知ってるかもしれない」

「そう、俺も真貴ちゃんも可能性の話しかできないのが現状だ。だから確証を摑むまでは待って、って昨日言ったんだよ。タクヤの素性がわかったら、必ず真貴ちゃんに知らせるから」

悠次郎がコーヒーを運んできた。真貴と仲道の間にあるテーブルに、白いマグカップが置かれる。

いい香りだ。真貴の顔も少しは和らいだように感じた。

が――。

「今日はとにかく、住所を教えてもらうまで帰りません」

「住所なんて知ってどうするんだい？　張り込みでもするっていうのか」

真貴はマグカップに口をつけたまま仲道を一瞥し、カップをテーブルに戻した。

「とにかく、もう少し待ってくれ。こっちで明日から数日は張り込んでみるから」

それは六本木とも打ち合わせていたことだ。仲道と悠次郎のふたりで、一定期間は様子を見てみようということになっていた。

「調査の邪魔はしませんから。どんなとこか、ちょっと見に行くぐらい、いいでしょ」

「ダメだ。真貴ちゃん」

少し強めに言っておくことにしよう。

「直接問い詰めに行こうとしているだろう。そんなことして口を割るやつらじゃないからね。相手にされないだけならいいけど、彼らがどんな素性で、どんなのがバックにいるかもわからないし。勝手に行って、真貴ちゃんになにかあったら大変でしょ。春翔くんだって……」

　春翔くんだって、今、無事かどうかもわからないし……と言いかけて口をつぐんだ。

「春翔だって、なに？」

「とにかく、仮に彼らが春翔くんのことを知っていたって、それを言うわけがない。明日からしばらく張り込んでやつらの動きを探るから、それから対策を考えよう」

　真貴はコーヒーカップに目を落とす。しばらく考えて、仲道の方を向くと、唇の端をキュッと上げ、微笑んだ。

「じゃあ、約束します。絶対にひとりでは行動しません。だって、調査の邪魔になるから」

「あら。いい子ねー」

　悠次郎が茶々を入れた。

　真貴が無言で悠次郎を睨む。

「でも、住所だけ教えてもらってもいいでしょ。どんなとこに住んでるのか、ネットで調べるだけ。絶対に行かない、って約束しますから。春翔の行方が全然わからなくて、私が毎日毎日、どんな気持ちで博史さんからの連絡を待ってるか、わかるでしょ。その手がかりの住所を知っている、ってだけで一歩前に進んだ気がして、落ち着くの。

ね、お願い」

「そうよねぇ」

悠次郎がつぶやく。

「おい、余計なこと言うな」

「あ。すみません」

たしなめた仲道に悠次郎がペロッと舌を出した。

「ダメなものはダメだって」

「なんで」

真貴もゆずらない。

押し問答を繰り返した末、真貴が一向に折れないので、住所だけを教えることに同意した。

昨夜、電話でタクヤの部屋の件に触れてしまった自分も悪い。真貴の性格上、全てはゼロか百なのだ。一部だけ知らされた情報で満足できるほど真貴は寛容ではない。

しかも事務所としては、クライアントの要望は無下《むげ》にできないことも確かだった。

悠次郎が真貴に、住所と部屋番号を書いた紙を渡した。

住所なんだから番地まで教えて、部屋番号は無記載でいいじゃないか、と心のなかで突っ込んだが遅かった。

Cランクはこれだから困る。

仲道のカップには、本日三杯目のコーヒーが注がれようとしていた。

8

翌日の午前中を別件の浮気調査に費やし、西新宿のタクヤのマンションにやってこれたのは、午後だった。

マンション前の道には黒のワンボックスカーが停められている。大きなスーツケースを二人掛かりで積み終えた車の主が、ハッチバックを閉めている。

その向こう側は空き地らしく、青々とした雑草が伸び放題に生長しているのが見える。仲道は、カメラを設置できる場所を探った。超小型のワイファイカメラだ。できれば部屋の入り口の様子がわかるところにひとつ、マンションの出入り口にひとつ、合計二つをセットしたい。

設置場所の見当をつけた後、予《あらかじ》め見つけておいたマンション近くのコインパーキングに戻った。

しばらくして、悠次郎が架空の電器店のロゴをつけた白の軽自動車で現れた。車を停めて降りてきた悠次郎は、どこから見ても本物の電器店の従業員だった。ベージュのつなぎに八角帽子、胸には小さく店名の刺繍まで施されている。

小道具も完璧だった。赤の三角コーンと使い古された脚立《きゃたつ》、工具がセットされたウエストポーチも積まれている。

「こんなの事務所にあったか？」

仲道は目を丸くして悠次郎に問いかけた。

「知り合いの小道具屋から借りてきました。撮影の時に何度もお世話になっていまして」

そういえば、悠次郎はフリーで映像関係の仕事をしているのだった。

「どうでしたか？」

「あぁ、部屋の前は天井にあるライトのところ。マンションの入り口はエントランス横にある植え込みがいいな。ちょうど向かって右側にいい感じに丸く剪定《せんてい》されたのがある」

仲道は、携帯画面の写真を見せる。

「了解です。調べたところ、管理人の常駐しているマンションではないので問題なさそうですね」

車に積み込んだ道具類を持つと、悠次郎はマンションに歩いて向かった。

戻ってくるまで十分、といったところか。

仲道は後部座席に乗り込み、携帯に目を落とした。

画面には何の変化もない。アイコからのメッセージも、たいてい午後に一度は送ってくる真貴からの連絡も。

昨日受け取った、アイコからのメッセージをもう一度見てみる。

突然、「次の土曜の夜、会いませんか」という内容のメッセージを送ってきた。

電話の効果があったようだった。相手も動いたのだ。

仲道は〝今週末、大丈夫です〟と短く返信をした。

その時にふと、アイコが西新宿にあるカレー屋の写真を送ってきたことを思い出した。彼女の行動範囲が西新宿なら、ここからは近い。

タクヤとアイコが繋がるかどうかは不明だが、少しカマをかけてみた。

〝今、アイコさんの家のそばにいると思います〟

すると間が空いて、

〝？　？　？〟

と？マークのスタンプを返信してきた。続けてメッセージを送ってみた。

〝北新宿二丁目ですよね〟

すぐに既読になった。そしてそれ以後、アイコからの連絡は一切途絶えてしまった。

思いつきで送ったメッセージが当たってしまったのだろうか。アイコはやはり佐藤やタクヤと関係のある人物で、実際に新宿界隈が生活圏なのだろうか。だから動揺して返信してこないのだろうか。

車内は冷房を効かせているが、仲道の脇の下は汗でびっしょりと濡れていた。

顔を上げると、両手に脚立や道具類を抱えた悠次郎が、車に戻ってくるのが見えた。

「どうだった？」

「はい。造作もなく」

涼しい顔でそう言うと、悠次郎は道具類をトランクにしまい、運転席に乗り込んできた。

助手席に置いたバッグのなかから、悠次郎がアイパッドを取り出して、今設置してきた二つのカメラの映像を呼び出す。

しばらくはエンジンをかけて冷房を効かせていられるが、夜にはさすがにアイドリングできない。暑さを想像しただけでうんざりした。その顔を見た悠次郎が言った。

「仲道さん、飲み物買い置きしてあるんでどうぞ」

後部座席を見ると、大きめのクーラーボックスがあった。なかにはペットボトルの水と栄養ドリンク、缶コーヒーが保冷剤と一緒に入っている。おにぎりとサンドイッチもあるのがありがたい。

今日の悠次郎は極めて優秀なアシスタントである。

悠次郎がTシャツとデニム、キャップという格好に着替えた。それからしばらく、ふたりで画面をにらんだ。

一時間ほど経っただろうか。この前ゴールデン街のバーで見かけたマモルという男がやってきた。時計を確認する。午後三時十三分。

マモルは気だるそうに、タクヤの部屋に入っていった。

悠次郎にそこの場面だけを切り取って、仲道の携帯に画像転送してもらう。

仲道は受け取った画像を拡大して確かめる。間違いない。確かにマモルだ。

そこからは静かに時が流れた。マンションの入り口と部屋の入り口の映像を見つめる。

六時を過ぎた時、茶色い中折れ帽を被った、黒っぽい服装の男が早足にマンションにやってきた。タクヤの部屋のドアを開けて入っていく。

マスターの話だと、佐藤はいつもハットを被っているらしいので、この男がそうではないだろうか。

再び悠次郎に画像を送ってもらい拡大する。帽子のつばで顔がよくわからないが、マスターに確認してもらおう。

仲道はマスターに写真を送付した。

しばらくすると、画面に動きがあった。マモルと、佐藤と思われる人物が一緒に部屋を出てきた。

ドアに施錠をしている。ふたりは手に荷物をいくつか提げている。

悠次郎がアイパッドを伏せた。ともに車を出て足早にマンションに向かう。マンションが見える角で仲道と悠次郎は足を止めた。

マモルと佐藤が立ち止まっている。

なにかを話した後、ふたりは別れ、佐藤が大通りに抜ける道へとゆっくり歩き出した。

どっちを尾けようかと考えたが、マモルがこっちに向かってきそうだったので、悠次郎に佐藤を追わせた。

手に持っていた黒いキャップを被ったマモルが、こっちに向かって歩いてきた。

悠次郎は携帯電話片手に、鼻歌でも歌い出しそうな軽い足取りで、マモルの横をすり抜けて、佐藤の後を追って行った。仲道は踵を返し、携帯電話に目を落としながらマモルが自分の横を通り過ぎるのを待った。今日はメガネをかけていて服装も違う。この前バーで同席したことなど、まず彼にはわからないだろう。

マモルの手には、くしゃくしゃになったコンビニのレジ袋が下げられていた。マモルはそのまましばらく速度を落とさず二回ほど角を曲がり、五分ほど歩いた。

そして小さなコインパーキングの手前で突然電信柱に寄りかかり、嗚咽を漏らし始めた。

実際に声が聞こえてきたわけではない。後ろから見ていると、わずかに肩が震えていたからそう思ったのだ。涙も見えたわけではない。キャップのツバを少し落とし気味にし、下を向いて震えていた。

やがて震えは収まり、マモルは携帯電話を取り出して、操作を始めた。あたりはすっかり暗くなっていた。携帯電話の液晶がマモルの顔をきれいに照らしている。

仲道は距離をとって気づかれないように回り込むと、メガネに仕込んである隠しカメラで、その横顔をおさえた。

9

歌舞伎町のドン・キホーテは、今日も大音量でハイテンションのテーマソングを流している。

マスターからの返事によると、写真の男はやはり佐藤だった。

仲道は淡々と歩みを進めるマモルの後を尾けてここまで来た。

マモルは店に入り、奥の階段を上がって行く。すれ違う人のオリエンタルなお香の香りが仲道の鼻をくすぐった。

マモルは二階のスーツケース売り場で商品を物色している。十分ほどあれこれと開けては閉じ、持ち上げてみたりして確認していたが、結局、大きな紺色の頑丈そうなスーツケースを選んでレジへ持って行った。

人混みという言葉がぴったりの店内を、大きなスーツケースを持ってマモルは進んだ。

店を出た後は仲道の尾行には露ほども気づかぬ様子で、また前だけを向いて淡々と歩き出す。タクシーを拾う素振りもなく、目的地に向かってただ進んでいるようだった。

ゴールデン街のバーからの帰りと同じ道を歩いていく。

スーツケースを引く音が響いている。コンビニ袋は店を出る時にスーツケースのなかに入れていた。

小滝橋通りの信号を渡り、公園を横目に細い道へと進んで行く。

人通りが少なくなったので、距離を詰めるのが難しくなってきた。遠目にマモルの後を追う。随分と歩いた。

ようやく五階建てのマンションへ入って行く。

マモルがエレベーターに乗った。素早く、階ボタンの光をチェックする。三階で止まった。慌てて、足音を忍ばせて階段を上る。

三階と四階の間の踊り場から、身を少し乗り出して確認すると、奥から二つ目の部屋に、マモルはスーツケースを入れようとしていた。

大きく開けられていた扉が、マモルを押すようにゆっくりと動き、音を立てて閉まった。

五秒ほど待ち、仲道は足音を忍ばせてマモルの部屋の前へと近づく。タクヤの時と同じように、カメラを設置する場所に目星をつけた。

一階まで戻りひと息ついた。グーグルマップでここがタクヤのマンションからどのくらいの距離なのかを確認した。遠くない。入口を見張れる小道まで移動する。

悠次郎からメッセージが入っていた。彼はすでにパーキングに停めたままの車に戻っている。佐藤はあの後、新宿御苑の近くにある自宅らしき部屋に戻ったという。住所と部屋外観の写真も送られてきている。

仲道は悠次郎に電話をかけた。

「タクヤはどう？」

「なんの動きもありません。まったく、です。さっき少し様子を見に行きましたが室外機も動いていませんから、おそらくあの部屋には誰もいないと思います」

「了解。そっちのカメラのバッテリーは二十四時間だったよな。なら、もうそのまま置いておいて、こっちにきて欲しいんだ。そこから遠くない。マモルの動きの方が気になる」

「わかりました。そこの位置情報、送ってください」

「あと、カメラの充電済みバッテリー、何個か余分に車に載せてるよな？」

「はい。三つはフルであります」

仲道は現在地が点滅しているグーグルマップをスクリーンショットし、悠次郎に送った。

ものの十分も経たないうちに、悠次郎はメッセンジャーバッグを斜めにかけて、仲道のいる小道まで歩いてやって来た。

三階のマモルの部屋番号と、目星をつけた場所を伝える。

悠次郎はマンションに向かった。仲道は携帯を取り出した。アイコからも真貴からもメッセージは入っていない。

しばらくして悠次郎が戻ってきた。仲道に目を合わせた後、無言で横を通り抜け、ゆっくりと次のT字路を右へ曲がる。仲道はその後を追う。

今度はパーキングではなく、広めの公道の脇に白い車が停められていた。昼間見た、電器店のロゴは外されている。悠次郎が歩きながらリモコンでロックを外す。ふたりは素早く車に乗り込んだ。

ふー、と思わず声がもれる。クーラーボックスから缶コーヒーを二本取り出し、一本を運転席の悠次郎に渡した。ひと息つく。悠次郎は缶コーヒーを飲みながら手際よくアイパッドに映像を映し始める。

画面にマモルのマンションの廊下が映し出された。今のところ動きはないようだ。

——変だ。

仲道は昨日からの流れを整理した。

午後、初めて真貴が事務所にやってきた。仲道が摑んだタクヤの住所を教えて欲しいという。まだ彼が春翔失踪と関わりがあるかどうかわからないので待てと言う仲道の言葉を真貴は聞き入れなかった。根負けした仲道は仕方なくタクヤの住所を伝えた。今日は午後からタクヤの家を張り込みした。するとマモルが現れ、その後佐藤もやってきた。ふたりはタクヤの部屋でしばらく過ごした後、別れた。

マモルはその後、ドン・キホーテで大きなスーツケースを購入し、今は自宅らしきマンションにいる。

タクヤの部屋には誰もいないようだ。真夏なのに室外機が作動していないことからもそれは明らかだ。

真貴とは連絡が取れない。昨日の今日でどんな連絡だって欲しがっているはずなのに、メッセージが既読にならないし、電話にも出ない。

家を訪ねようにも真貴の住所を仲道は知らなかった。わかっているのは、彼女が阿佐ヶ谷に間借りをした、ということだけだった。

公道に車を長時間停めておくわけにもいかず、マモルのマンションから少し離れた場所にパーキングを見つけ、そこに車を駐車した。

悠次郎と交代で休憩した。

朝七時だった。仲道は悠次郎の声で起こされた。

「仲道さん、動きました」

マンション入り口の映像には大きなゴミ袋を持ったマモルの姿が映っていた。黒いキャップをかぶっているので、このまま出かけるのだろうか。「連絡する」と悠次郎に一言残し、仲道は車から出てマンションの方へ向かった。

歩きながら悠次郎からのメッセージを確認する。

〝さらに何個かのゴミを出してます〟

〝部屋に戻りました〟

〝スーツケースを持って出かけるようです〟

仲道は、マンションから少し離れた場所からマモルを追った。

汚れた黒いキャップに、白いTシャツ。細めの濃い色のデニムに、足元はNの字が特徴的なニューバランスのスニーカー。

——尾行する時の鉄則は、足元をよく見ておくことだ。足元をしっかり見て追っていれば、人混みでも見失わないからな。

刑事部に配属されて初めて容疑者を尾行した時、当時の先輩に教わったことを、仲道はマモルのスニーカーを見ながら急に思い出した。

あんな大きいスーツケースを引きずっていては見失うこともないだろうが、先輩の教えは肝に銘じておこう。

マモルは、昨日悠次郎が車を停めていた広い公道に向かっているようだ。タクシーを拾う可能性が高い。

仲道はすぐに悠次郎にメッセージを打つ。

〝昨日の公道の方に車を回してくれ〟

マモルがどっちの車線に進むかはわからない。一か八《ばち》かだが、反対車線であれば仲道もタクシーで追尾《ついび》するとしよう。幸いこの道には空車がよく通っている。

マモルが公道に出た。身を乗り出してタクシーを探している。

ちょうど、その手前に悠次郎が運転する白い車がウインカーとハザードを出しながら停まった。素晴らしいタイミングだった。

仲道は助手席に乗り込んだ。しばらくしてマモルはタクシーを捕まえ、スーツケースをトランクに積み、出発した。同じ車線でよかった。

仲道は額から滴る汗を手の甲で拭い、車の冷房に顔を近づけた。カーステレオからは、悠次郎チョイスのジューダス・プリーストが大音量で流れていた。

10

タクシーが到着したのは、品川区の天王洲にある大手チェーンのビジネスホテルだった。

広いフロントはチェックアウト待ちの宿泊客で混んでおり、仲道と悠次郎もそれに紛《まぎ》れた。

大きなスーツケースを転がしながらマモルはフロントに向かう。チェックインにしては早すぎる時間だが、アーリーチェックインを事前に伝えているのか、フロントでやり取りをした後、マモルはカードキーを受け取った。部屋に向かうようだ。悠次郎にマモルの後をつけてもらった。しばらくして悠次郎がフロントに戻ってきた。フロアは九階だが、部屋までは追いきれなかったらしい。

カードキーがないとエレベーターが作動せず、ホテルのなかで自由に動けないのだ。とにかく今日だけはヘマをしてもらっては困る。仲道は悠次郎に今日もAランクでと交渉した。どこか、暇なCの日と交替だ。

　フロント横のラウンジが朝食会場になっていた。チケットを購入すると、仲道と悠次郎は宿泊客に紛れて、バイキング形式の朝食にありついた。

　ちょうど、皿に山のように盛った朝食を食べ始めた時、マモルがエントランスへ向かって歩いているのが目に入った。黒のキャップを被り、大きめのリュックを背負っている。

　名残惜しそうに皿に目をやる悠次郎を急《せ》き立て、マモルの後を追う。

「今度、絶対に朝食おごってくださいね」

　悠次郎が言う。隠しカメラ付きのメガネを渡しながら仲道は答えた。

「帝国ホテルでもどこでもおごってやる」

　マモルは歩いてどこかに向かうようだ。今度は車を拾う様子もなく、ポケットから取り出した携帯で向かうべき方向を確認している。

　倉庫街を歩いていく。

　ウォーターサイド。天王洲運河に向かってテラス席が並ぶカフェのあたりでマモルの足が止まった。視線は隣接する建物に向けられている。

　朝といえども真夏の日差しは刺すように強い。マモルはその建物に入って行った。

悠次郎に視線を送り、建物のなかに向かわせる。仲道は建物から少し離れた木陰のベンチで待機した。だがすぐにマモルは建物のなかから出てきた。

悠次郎は向かってくるマモルを無視して、そのままビルのエントランスに入った。

マモルはテラス席の前に広がる遊歩道を、仲道のいる方へゆっくりと戻って来た。

そして仲道から三つ離れたベンチに腰掛けた。背負ったリュックを下ろそうともしない。

仲道の元に悠次郎がやってくるのが視界に入った。やばい、近すぎる。さっきすれ違った男が近くのベンチに座ったら、さすがに怪しまれるかもしれない。仲道は立ち上がり悠次郎に視線を送った。ホテル方面に少し戻って建物の陰に入る。悠次郎も仲道の意図に気づいてこちらにくるだろう。手元の携帯を見ると、建物のなかで撮影したフロアガイドの写真が悠次郎から送られてきていた。開いて写真を拡大してみる。

一階は、なんと読むのかわからないフランス語らしき名称のカフェと英語名のワインバー。二階と三階が〈ＭＡＫＩＯＫＡ倉庫〉とあった。

歩いている間にすでに検索をかけたようで、悠次郎はそのリンクも送ってきた。

ＭＡＫＩＯＫＡ倉庫は、個人所有の美術品や貴重品などを預かる、貸し倉庫業の会社だった。

仲道は建物の陰からマモルを見た。日に照らされ眩しく光る運河を、キャップのツバの下からじっと眺め、ただ座っている。

悠次郎が合流した。

「どう思う?」

仲道は聞いた。

「あの建物のなかのどこかに用があるんでしょうね。それにしてもこんな早い時間に開いているわけもないのに、馬鹿なんでしょうか」

Aランクの悠次郎は辛辣《しんらつ》だ。確かに目的がはっきりしているのなら、事前に調べれば営業時間はすぐにわかるはずだ。なぜしなかったのだろうか。できない理由があったからか、それを思いつかないほどの精神状態なのか。この炎天下でいくら木陰とはいえ、じっとベンチに座っているのも尋常ではない。ホテルに戻る気もなさそうだ。マモルの周辺でなにかが起こったと考えるのが妥当《だとう》かもしれない。

「少なくとも、心ここにあらずの状態なのは間違いなさそうだな」

仲道は悠次郎の酷評を受けてそう答えた。

そのまま一時間以上が経過した。

仲道と悠次郎は熱中症にならないよう、時々水分を摂《と》って体温を下げたが、マモルは座ったまままったく動かず、水分も摂らない。倒れてしまわないか、仲道は心配になった。

十時を過ぎた頃に、マモルが再び動き出した。

ＭＡＫＩＯＫＡ倉庫が入っているビルへ向かう。悠次郎が後を追う。

仲道は距離を置いて待った。

悠次郎からメッセージが送られてくる。

〝二階で止まりました。追いかけます〟

しばらくして、悠次郎が戻ってきた。

ＭＡＫＩＯＫＡ倉庫のホームページが開かれた携帯画面を受付で見せ、客のふりをして訪ねていったそうだ。パンフレットを見ながら、システムや料金の説明を受けている間に、なかの様子を盗み見してきたという。

二階にはカウンターしかなく、その向こうは天井までのしっかりとしたパネルで仕切られていて、なかの様子をうかがうことはできなかった。

建物からマモルが出てきた。背中のリュックがパンパンに膨らんでいる。ＭＡＫＩＯＫＡ倉庫でなにかをピックアップしたのだ。

マモルは、リュックの重さを支えるように、両手の親指をショルダーストラップに入れている。しっかりとした足取りでホテルへと帰っていった。

エントランスの自動ドアが開いた瞬間、体が冷気に包まれた。仲道は生き返った心地になった。まだ午前中だというのにこの暑さだ。シャツが背中にべっとりと張り付いている。

マモルがエレベーターに乗り込む。後ろ姿を見送った後、仲道は情報を整理するために、ロビーラウンジに入った。エントランスを見渡せる席を確保する。適度に人がいるので目立たずに済むのがありがたい。

「やっとひと息つけますね。冷たいものでも頼みましょう」

悠次郎はそう言うと、手を上げてウエイトレスを呼び、アイスコーヒーを二つ注文した。ふたりの前に氷水の入ったグラスが置かれた。仲道と悠次郎は競うように一気に飲み干した。

「はー。水がこんなに美味しいとは」

悠次郎がイスに背中を預けながら心底幸せそうに言った。仲道も同感だ。乾ききった細胞の一粒一粒に水分が沁み渡るようだった。

冷静さを取り戻したところでマモルのリュックの中身について考えてみる。

「結構大きめなリュックだったな」

「ええ。スポーツタイプでしたね。登山する人が使ってそうな」

仲道の言葉に悠次郎が答えた。

「ぱんぱんに膨らんでいたな」

「かなり重そうでした」

「なにを入れたんだろう」

「貸し倉庫に預けるくらいですからね。大事なものでしょう」

「宝石類とか？」

「あんな量を？」

そう言うと悠次郎は携帯でなにかを探し始めた。

画面を覗き込むと、貴金属の買取を行う業者のホームページをチェックしているようだ。

悠次郎は画面に目を落としたまま話し出した。

「このサイトによれば、一カラットのダイヤのサイズは直径約六・五ミリ、高さは約四ミリ。体積を計算すると四十四・二ミリ立方メートルになります。で、マモルが背負っていたサイズの登山用デイパックの容量は――」

悠次郎が今度は登山グッズの販売サイトを開いた。

「二十リットルくらい。そこに一カラットのダイヤをぱんぱんに詰め込んだとすると、単純計算で……四十五万二千四百八十八個」

「……あり得んな。王族じゃないんだし」

「平均買取価格が一カラット五十八万円とありますので、金額にして二千六百二十四億四千三百四――」

「悠次郎」

仲道は悠次郎の話を遮ってロビーに視線を送った。馬鹿な妄想をしている場合ではない。マモルがフロアを横切ってエントランスに向かっている。背負っているのはさっきのとは別の黒い小型のリュックだ。

テーブルに置いていた仲道の携帯電話が振動した。液晶には「公衆電話」と表示されている。

電話に出ながら目で悠次郎に、マモルを追うように指示する。

アイスコーヒーが運ばれてくるのが目に入った。

悠次郎はアイスコーヒーを一気飲みすると、小走りでエントランスに向かった。

「もしもし」

「博史さん」

真貴だった。

「おい。大丈夫なのか？　携帯はどうした？　連絡がないから心配してたんだ」

「は、い」

真貴の返事は鈍い。

「もしもし？　ごめん、責めるみたいな言い方で。それで今、どこにいるんだい？」

「病院にいます。頭が悪くなって……」

悪くなる？

「話すと長いんですけど、迎えにきて欲しくて」

マモルと悠次郎は、いつの間にか仲道の視界から消えていた。

11

仲道は調布の病院に車を走らせた。電話では一向に埒《らち》が明かないので、とにかく病院の場所だけを聞いて向かった。

悠次郎に〝真貴を迎えに調布の病院に向かう。車使う〟と短く要件だけをメールした。

天王洲から調布は三十キロ弱。なかなかの距離だ。芝浦から高速に乗る。

ダッシュボードに置いた携帯が何度も光っているのが目に入った。悠次郎からの連絡だ。高速を調布で降りた。信号待ちで止まり、素早く悠次郎からのメッセージを確認する。

ポイントだけが送られている。

〝天王洲アイルからりんかい線、大崎行き乗車〟

〝大崎駅下車〟

〝山手線乗車〟

〝新宿下車〟

〝小田急線、快速急行乗車〟

病院に到着した。車寄せを抜けて、パーキングエリアに停める。受付で真貴の名前を告げると、病室を案内された。

向かいながら素早く携帯をチェックする。

〝町田駅下車〟

〝改札出ました〟

町田？

病室に入った。なかにいた看護師に真貴の名前を告げると、窓際のベッドの奥だと言う。仕切りのカーテンに手をかけた。

真貴がいた。

その姿は壮絶だった。

頭は包帯でぐるぐる巻きにされ、首はギプスで固定されている。

「なにがあった？」

状況を把握できないままに思わず言葉が口をついて出た。

真貴はじっと仲道を見つめるばかりだ。しばらく待ったが、口を開かない。言いたくないことなんだろうと考える。

ひとまず時間をかけてゆっくり聞いていくしかない。

「大丈夫なのか？　痛い？」

真貴は首を振りたかったのだろうが、ギプスのせいでうまく動かせず、手を振って「痛くない」と示した。

「頭が悪くなったと言ってたけど、怪我だよな……？　病気ではなく」

真貴はわずかに頷く。

先ほどの看護師がやってきた。

「先生からお話を」

と、仲道を病室の外へと促す。

「じゃあ、ちょっと行ってくるから。おとなしく寝とくんだぞ」

子供に話しかけるようにそう言い残すと、看護師に従って病室を出た。

仲道は看護師の背後から話しかける。

「すみません。本人が話したがらないものでお聞きするのですが、ここに来ることになった経緯ってご存じですか？」

看護師は聞こえているのかいないのか、無言で頷きながら歩いていく。

ナースステーションを通り過ぎ、診察室に通された。白髪が目立つ、銀縁眼鏡の男性医師が座っている。仲道を見て、優しく微笑んだ。
案内してくれた看護師も一緒に入り、彼女が話し始める。
「昨日の昼過ぎに、お友達に連れられて来院されました。久保さんは気を失ってい
て」
お友達？
「お友達は、気づいたらいなくなっていました。久保さんの意識はその後すぐに戻り
ましたが、頭に外傷もあったので、事件ではないかと心配しました。ご本人に聞いて
も転んで頭を打っただけだと言いますし……」
外傷？
「念のため、検査をしました」
医師が口を開いた。
「頭を強く打ったようなので、CTを撮りました」
医師がディスプレイを指差す。
「今のところ異常はありません。脳の出血もないようです。気を失ったのは脳震盪《のうしんとう》に
よる一時的な意識障害だと思います。首に少し鞭《むち》打ちの症状があるようなのでギプス
をしていますが、もう外しても大丈夫でしょう。あとはとにかく、安静にしているこ
とです。なにかおかしなことがあったらすぐに来てください。念のため一ヶ月後と三

ヶ月後に検診することをお勧めします」

ありがとうございました、お世話になりました、と何度か口に出し、頭を下げながら仲道は診察室を後にした。

聞きたいことがありすぎる。真貴の病室に戻りながら、混乱する頭で質問事項を整理しようとするが、なかなかうまくいかない。看護師が言うように、転んで負うような怪我ではない。誰かにやられたのか。もしもそうだとしたらなぜやられたのか。

ポケットの携帯電話が震えた。

視線を落とす。悠次郎からだ。

〝駅から商店街抜けたビル、二階、ネットカフェ・クラゲ〟

その次には、現在地を示すグーグルマップのスクリーンショットが送られてくる。

〝ネットカフェの男性に黒リュックを渡しました〟

〝おそらく江川春翔〟

江川春翔？

写真が送られてきた。

ブルーのポロシャツを着た、人の好さそうな顔立ち。正面からの写真でないが、横顔でもわかるくりっとした目は真貴に見せられた写真の彼に違いない。

仲道は足を止めた。

生きていた。よかった。自然に顔がほころぶ。

病室では真貴が不安げな顔でベッドに腰掛けていた。さっきまで聞きたいことが山ほどあったのだが、今はひとまず置いておこう。

真貴に携帯の画面に映し出された春翔の写真を見せた。

ギプスと包帯に埋もれた顔を、真貴は不器用にひきつらせて微笑んだ。


翌日の夕方、仲道と真貴は町田にいた。ネットカフェ・クラゲにふたりで向かう。

真貴が先に行ってくれと言うので、仲道はビルに入り、階段を上がった。

店の自動ドアをくぐった。カウンターにはポロシャツを着て、下を向きながら作業をしている春翔がいた。

「いらっしゃいませ」

「江川春翔さん……ですよね」

できるだけ優しい口調を心がけて声をかけた。

彼は顔を上げ、仲道を見つめ返して困惑した表情を浮かべた。

仲道は自分の名を伝え、春翔を店の外へと促した。

そして突然声をかけたことを詫び、真貴が捜していることを告げた。

春翔はがっくりと肩を落とし、その場にしゃがみこんだ。

仲道はその行為をどう捉えて良いのかわからなかったが、春翔の前に回り込み、小さな声で聞いてみた。

「真貴ちゃん……と、会いたくないわけでは、ないですよね……？」

春翔は伏せた視線を上げて仲道を見ると、

「いえ。会いたいです。本当に、会いたいんです。ですが……」

と言った。

「ですが……？」

なにが言いたいのだろう。

「僕には、ずっとなにもなくて。彼女を助けたいのに、なにもなくて。やっと再会できた時もなにもなかった。今もなにも、本当になにもありません」

仲道の目には春翔が子供のように見えた。

「真貴ちゃんは、君に会いたがっています。すごく。実は私は戸籍上では彼女の従兄になりますが、本当の意味での身内は、君だけだと思います。だから君の無事を確認できるだけでも、彼女は救われるんじゃないでしょうか」

仲道は、階下にいる真貴に声を掛けた。

真貴が落ち着きを失った顔で振り返り、階段を上がってくる。

立ち上がる春翔。ゆっくりと歩み寄る真貴――。

ふたりは再会した。

とりあえず、あとはふたりの時間だ。仲道はそっとその場を離れた。

階段を下り、ビルの外に出た。町田の商店街を行き交う人を眺める。

夕暮れだというのに、日差しはまだまだきつい。

12

事務所内がコーヒーの香りで充たされていた。

新しく手に入れた豆を、悠次郎が少し多めに挽《ひ》いてくれたからだ。

憂鬱《ゆううつ》だ。仲道は憂鬱だった。

真貴と春翔が再会した。ふたりの話を聞きながら事態を紐解いて行くも、判明するのは憂鬱なことばかりだった。

なにもできないことばかりだからだ。

真貴は仲道から住所を聞き出した後、あんな時間にタクヤの住むマンションに向かった。

迷いながらもなんとか到着すると、ちょうどその部屋から男と女が出てきた。聞いていた髪の色からして、男はタクヤだと確信した。あわてて真貴は身をかくした。そして、マンション前にたたずんでいた女が、春翔を騙したタクヤの仲間に違いないと突然襲った。

しかし女は意外としぶとく返り討ちに遭《あ》う……。

酷《ひど》すぎる。よりによって襲いかかるなんて。せめて女を尾行するとか。その段階で連絡をくれていれば、違う展開も考えられたはずだ。悠次郎に張り込みさせて、再び女が訪れる日を待つ。あるいは素性を確かめて、状況次第では女に直接アタックしてタクヤとの関係、春翔の行方を問い詰める。謝礼でも用意すれば女がすんなりしゃべる可能性だってあった。そうすれば真貴が怪我を負うこともなかった。

仲道はおのれの軽率さを悔やんだ。なんと言われようと、タクヤの住所を教えるべきではなかったのだ。

翌日、真貴は女を拉致し、向かったタクヤの部屋で当のタクヤの死体を発見する。これはまずいとふたりで逃げている最中に激しい頭痛に襲われた真貴は気を失った。女は真貴を病院に連れて行き、どこかに消えた――。

警察にどう説明できる？

槇原希沙良という女の名前は判明しているし、車種もわかっている。調べれば捜し出すことはできるだろうが、果たして動いてくれるだろうか。正当防衛と判断されるのが関の山。第一、先に暴力を振るったのは真貴なのだ。完全に彼女に非がある。

死体の件にしても、説明は困難だ。

春翔によれば、タクヤは組織の金を持ち逃げしたという。それがバレて制裁を受けたのだろう。それにしても眼球がなくなっていただなんて、この日本で起きたことだとはとても思えない。メキシコのマフィアじゃないんだから。

真貴がタクヤの死体を発見したのが三日前の正午近く。仲道と悠次郎がタクヤの部屋に入るマモルと佐藤を見たのが同日の夕方。この間、死体が放置されていたとは考えづらいので、真貴が発見した後には処理されたと考えるのが妥当だろう。今頃どこかの海に沈められているかもしれない。

やはり警察に？

いや、警察に行ってなにを訴えるというのだ。そもそも「松本拓矢」だって本名かどうかもわからない。

「名前も本名じゃないかもしれない人間が、ひとり殺されたみたいなんです。死体はありません。目撃証言だけです。捜してください」

ふざけている。

一方春翔はフェイスブックで繋がったアイコこと、槙原希沙良に騙されたという。最初はメッセージだけのやりとりだったが、やがて会うことになった。親身に話を聞いてくれるのでつい色々話してしまった。子供を亡くしたこと。妻と離婚したこと。

寂しさで手を出したギャンブルで負けが込み、借金を作ってしまったこと。

その後、アイコからいい話があると持ちかけられ、佐藤を紹介された。借金の返済日が目の前に迫っていて、つい話に飛びついてしまった。「詳しいことは言えないが、無戸籍で、どうしても海外に行きたい人がいる。三年ほど戸籍を貸してやって欲しい」という佐藤の言葉と、目の前の百万円という現金に目がくらみ、つい身分を売ってしまったのだ。

仲道が、江川春翔を名乗っている男に聞いた話によると、佐藤の話はでたらめで、三年などという期限についてはなにも語ってなかった。

江川春翔の戸籍で、すでに運転免許証も取得されているのだ。

言っちゃ悪いが、愚かだ。話を聞きながら仲道は頭を抱えた。

春翔は佐藤に言われた通り、クラブ・バタフライを辞めて戸籍謄本を佐藤に渡した。

これが悪用されないわけがなかった。

仲道は早速昨日、旧知の弁護士に春翔の戸籍を調査してもらった。すると驚くことに、春翔には見知らぬ二人の養子ができていたのだ。運転免許証どころの話ではない。

多重債務者や前科者など、人生を仕切り直したいと願う者は多い。そういう人間が新しい身分を手にするための手段として養子縁組が悪用されるケースが後を絶たないらしい。養子縁組には「特別養子縁組」と「普通養子縁組」がある。このうち、悪用されているのが後者だ。「普通」の場合、役所に書類を提出するだけで成立する。養子になれば名字が変わる。名字が変われば、別人に成り済ませる。こうして新しい身分を手に入れた者たちは、新たに借金をしたり、新天地で新生活を営むのだそうだ。その仲介をしていたのが佐藤で、その口車に乗せられて身分を売ってしまったのが春翔だというわけだ。

――三年後には戻るから、その間大人しくしとき。パスポートはいずれ紛失したと言って作り直せば、写真だって新しくできるし問題ないやろ。

そんな佐藤の言葉を真に受け、春翔は職を辞し姿をくらませたのだった。ご丁寧にSNS上の登録もすべて削除して。なんというお人好しだろう。

佐藤は春翔の戸籍を用いて〝偽春翔〟と養子二人の計三名から金をせしめていたことになる。

養子縁組を解消するには家庭裁判所に申し立てをしなければならない。手続きを踏んだとしても、戸籍の再製には一年以上かかることもあるそうだ。

仲道はため息をついた。

春翔が受け取るはずだった二千万に思いを馳せた。マモルが天王洲の貸し倉庫から回収したのは、タクヤが遺した八千万円近くの現金だったのだ。そのうちの一部をマモルは春翔に渡したわけだが、その金がネットカフェの客同士のトラブルの間に盗まれてしまったという。犯人は相澤恭子というクラゲの元従業員と思われるが、定かではない。

春翔はこれについてはこう言った。

「一瞬、二千万あればなんでもできるんじゃないかと、人生のご褒美をもらったように単純に喜びましたけど。よく考えればあの金は、もともと詐欺で集められた黒い金です。自分がやっていないこととはいえ、その金をもらっても後悔していたような気がします」

相澤についても、

「彼女がそれで助かるのであれば」

と諦《あきら》め顔で言う。

春翔からの依頼があれば相澤恭子の捜索に動くのだが、春翔にはその意思がないようである。

「はあ」

思わず声が出た。警察に訴えようにも相手にされる可能性は低く、その二千万自体、犯罪から生まれた金である。

つまり、今の仲道にできることはなにもないのである。

気分が沈む仲道とは対照的に、真貴は浮ついている。ボリビアに行きたいらしい。

春翔との思い出の石、アメトリンが唯一採掘されるアナイ鉱山がそこにあるからだ。しかしながら春翔は乗り気ではないようだ。戸籍を売ってしまったことの重さを今更ながらに痛感しているに違いない。海外に行こうにも春翔の戸籍ですでにパスポートを取得されている可能性が高いのだ。

「仲道さん、元気出してくださいね」

悠次郎が、泡立てたミルクに器用にハートを描いたカプチーノを、仲道の前へ差し出した。

上にうっすらシナモンパウダーがかかっている。

少し気分が和らいだ。

仲道が視線を上げると、天井から吊り下げられているテレビ画面が目に入った。夕方のニュースが始まったようだ。音は消してある。

悠次郎が画面に映るキャスターに見入っている。

テロップには、〝仙台七夕まつり過去最高の来場者〟とある。

「神尾《かみお》あやこだ。好きなんですよね」

短冊に願い事を書くとしたら、なにを願うだろうか。

ありすぎて短冊ひとつじゃ無理だな。

ゲーテの言葉が頭に浮かんだ。

〝現実を直視する心に、本当の理想が生まれる〟

本当の理想、か。

〝毎日を生きよ。あなたの人生が始まった時のように〟

仲道はカプチーノを手にしたまま、椅子の背もたれに体を預けた。

「なにか音が欲しいですね」

悠次郎はデスクトップパソコンを触った。

六本木が先日買い換えたという、ＪＢＬのスピーカーが震える。

軽快なハイハットの音。ブランニューヘヴィーズだ。

タイトなベースの音が下から持ち上がる。エンディアの深く伸びのある声が頭に響く。「Brother Sister」が大音量で流された。

仲道は泡に口をつけ、ぼんやり物思いに耽《ふけ》っていた。

第五章　梶谷剣士

1

中央自動車道。

激しい日射しから逃げるように、黒のワンボックスカーを西に向かって走らせる。

運び屋の梶谷剣士《かじたにけんし》は、ツーブロックの刈り上げ部分に手を添えながら、片手でハンドルを握っていた。

こんな猛暑にもかかわらずサングラスを忘れた。眩しさに悪態をつきながら、アクセルを強く踏み込んだ。

グレーのダッシュボード上には、日に焼けて丸まったレシートと、タバコのセロファンが転がっている。様々な臭いを打ち消すための強い芳香剤の匂いは効き過ぎたエアコンの冷房になりを潜めていた。

トランクには、大きなソフトタイプのスーツケースが積み込まれている。一時間前、自分がケースに押し込んだものについては思い出さないように努力していたが、ふとした拍子にあの惨状が脳内に蘇《よみがえ》ってきて梶谷を苦しめていた。

ラジオが薄く鳴っている。

気を紛らわすため、音量を上げた。夏の甲子園の中継がはっきりとした輪郭を帯びてくる。

――八回裏、瑞穂《みずほ》工業の攻撃は三番の高橋《たかはし》からです。二点リードを許す瑞穂工業としては、クリーンナップで迎えるこの回は、何としても得点を狙いたいところです。今日の高橋は三打席ノーヒット。先発の橋本《はしもと》に完全に抑えられています。解説の伊藤《いとう》さん、高橋はまったく橋本にタイミングが合っていませんね。

――そうですね。橋本くんは球速はないものの、緩急《かんきゅう》のつけ方が非常にうまい。高橋くんに対してスローカーブを効果的に使っていますね。

――二打席目、三打席目は追い込まれてからのスローカーブを引っ掛けて、いずれも内野ゴロに終わっています。

――ですから追い込まれる前のカウント球を狙いたいところなんですが、橋本くんが非常にコントロールが良くてですね、なかなか甘い球がきません。

――さあ、高橋、三打席抑えられている橋本をどう攻略するか。ピッチャー第一球、投げました――。

つい高橋くんを応援したくなる。ここで出塁したら得点のチャンスが広がる。ハンドルを握る手に力が入るが、結局高橋くんは内角のストレートに振り遅れてセカンドフライに終わった。

視線を落とし、ナビに表示されている目的地への到着予定時刻を確認した。しばらく走り車を談合坂《だんごうざか》サービスエリアに入れ、二周ほど停車位置を探った後、大型車エリアに近い場所に停めた。

バックミラーで後部座席を見る。

なにも変化はない。大丈夫だ。

尿意を抑え込んで、キーを抜き運転席を離れた。

人目を気にして、建物から若干離れた場所に駐車したので、トイレまで少し距離があった。

冷房を強くしすぎていたようだ。気温が三十五度を超えているにもかかわらず、茶色地のキューバシャツの上から腕をさすった。

放尿してトイレを出ると近くの喫煙場所に入り、タバコに火をつけた。

西新宿を出てから一時間以上経っている。

まだ手が震えている。

指先に目をやると、あれだけ洗ったのに爪と指の間に、黒く変色しかかった血が見えた。

今日の運びについては昨日、メッセージが入った。

見届け人の海塚《かいづか》からだった。下の名前は知らない。

海塚に仕事を依頼したのは、半グレ組織、メディアグループの幹部の男らしいが、当然そいつの名前が知らされることはない。海塚にさえ名前で呼ぶなと言われ、通称の「見届け」を使うことにしていた。見届けとは、依頼人から預かったブツを目的地に届けるまでの手配を行う者のことだ。運び屋を選定し、指定の時間に、指定の場所でブツを渡し、目的地まで走らせるのが仕事だ。

〝明日、十二時。特大スーツケース持参で。新宿区西新宿八丁目×××－×　サンライツマンション203〟

海塚はいつも必要最低限のことしか知らせてこない。

なにかあった時、つまり運び屋が警察の世話になった時になにも話せないように、余計な情報は与えないのだ。

西新宿に到着したのは十二時五分前。

指定されたマンションのエントランス前に車が一台、すでに停められていた。フォルクスワーゲンのゴルフで、どいてくれないかと思っていると、ちょうど女二人がマンションから出てきて車に乗り、すぐに去っていった。梶谷はそこへ車を停めた。

海塚は約束の時刻ちょうどにマンション前に歩いてやってきた。時間と金の支払いだけはきっちりしている。梶谷が、危険を承知でこの仕事を続けてしまう一つの要因だ。

最初は身分売買の仕事を手伝っていたが、嘘をつき続けることに疲れてしまい、今は運ぶ仕事を受けている。

中身を知らされない荷物を運ぶ。こんな仕事だっていつまでも続けられるわけがないと思いながらも、ずるずるともう二年が経とうとしていた。

タバコの火を消し、車に戻った。

意を決して、バックドアを開けた。横に倒された、黒の大きなスーツケース。中国製の特大のソフトタイプだ。

往々にして中身は知らされないことがほとんどだが、今回は数少ない例外だった。ブツを収める作業も行ったからだ。

特大スーツケース持参、というメッセージで正直悪い予感はあった。このタイプのスーツケースで人間と思われるブツを運んだことがあったからだ。中身を見ていないので実際のところはわからないが、そのブツは時々くぐもった男の声らしきものを発した。稀《まれ》にそれが「助けて」と聞こえることもあった。だんだんと声は聞こえなくなり、目的地に着く頃にはおとなしくなっていた。

マンション前で落ち合うと、海塚の後を追い、階段で二階に上がった。解錠しようとした海塚が「開いている」とつぶやいた。スニーカーで埋まった小さな玄関から海塚は土足のまま入っていった。迷ったが、梶谷も靴を脱がずにフローリングの床を踏んだ。廊下とリビングの間のドアが開いていた。エアコンの冷気が体を包む。海塚が部屋に進んだ。

リビングルームの中央にあるソファにどっかりと腰掛けていたのは、生身の人間だった。

むせかえるような血の臭いに梶谷は気分が悪くなり、思わず壁に手をついた。飛び散っていた血がぬるりと手についた。よく見ると血は部屋のあちこちに飛んでいた。

「少しやりあったみたいだな。額の真んなかが切れて血がぶっ飛んでる」

男の傷を見て海塚はそう言う。

梶谷はやっとその時にソファの男の顔をまともに見た。

目があるべき場所が黒く窪んで血が垂れている。

窪んだその場所には、眼球がなかった。

「うっ」

思わず手で口を押さえる。吐き気がまた喉元にこみ上げてきた。海塚に目をやると、なに食わぬ顔で梶谷を見返してきた。

座っている血だらけの男は金髪で、小さめの唇にすっと通った鼻筋の真んなかにほくろがある。

梶谷はこの顔に見覚えがあった。

「タクヤ、じゃないんすか」

海塚は頷いて、さっさとスーツケースに入れろと言った。

「知ってるのか？」

「はい。俺の後輩の連れです。今、A班のジョージさんとこ預かりで仕事してる、って聞いてましたけど、なんで――」

「急に角膜が必要になったみたいで、先に取ったらしい。午前中に間宮《まみや》が来て処置したと聞いている」

間宮とは、〝解体屋〟の間宮のことだろう。

佐藤に聞いたことがある。元は腕のいい外科医だったが、看護師に対するハラスメント行為がたび重なり、懲戒免職の上に医師免許剝奪になったという。どういうルートで行き着いたかは不明だが、今は臓器売買の仲介人として儲けている。

アジアでは年々透析《とうせき》患者が増加の一途をたどり、腎臓が一番人気だ。かつてはメディアグループから紹介された多重債務者を国外に連れ出し、借金のかたである腎臓を現地で売っていた。しかし最近では、国外の金持ちが医者を連れて来日するケースが増えているという。日本人のものは「クリーン」だとされ、人気があるらしい。

間宮たちは借金を背負った人間の家族をターゲットに臓器売買の話を持ちかける。移植希望者はすでにリストアップされており、適合するかどうかを判断する情報も現地の医者から提供されているという。債務者が承諾したら間宮が検査を行い、リストから適合者を探し出す。該当する者に連絡をし、タイミングが合えば来日させる。間宮はそれに合わせて臓器を摘出し、海塚に預ける。それを海塚が運び屋に運ばせる。そういう仕事のサイクルができ上がっているのだ。

法律は犯しているが、うまくいけば、提供した方も提供された方も助かる、ウィンウィンの仕事だということらしい。もちろん家族も承知だ。本当かどうか定かでないが、借金を苦にして腎臓提供を遺言し、自殺するやつもいたという。

「取ったらしい、って」

「勝手に来日してきた中国人夫婦がいるらしくてな。妻が交通事故で角膜を損傷したそうだ。いくらでも金を積む、って喚いていたところに、ちょうどよくこいつがいたってわけだ」

「でも急に取ったって、適合しないんじゃ――」

「角膜の場合は適合は心配ない。合わなくても後で治療できるからな」

手足を縛れと、海塚はいつもと変わらぬ無表情でガムテープを寄越す。立ち上がり、タバコに火をつけた。

「それより、これからこいつを内藤《ないとう》病院に運んでもらう」

梶谷は息を呑んだ。山梨県神定郡にあるその病院は、間宮たちが摘出や移植に使っている病院だ。

「もう目を取られているのに、まだ……」

梶谷はつぶやいた。

「糖尿病の夫が腎臓を欲しいらしい。腎臓は適合検査が必要だからこのまま連れてってくれ。その中国人がお待ちかねだ」

海塚はキッチンのシンクにタバコを投げ捨てた。蛇口をひねり少し水を垂らす。火が消えるジュッという音が聞こえた。

「それにしてもこいつ、なにやらかしたんだ？　眼球ふたつに腎臓まで売られるなんて、よっぽどジョージの怒りを買ったとしか思えないが」

その後海塚の指示で血まみれのタクヤの体をソファから引き摺《ず》り下ろし、くの字に曲げた。血で滑り手足にガムテープがうまく巻きつかない。代わりに、ベッドルームで見つけた革紐できつく結んだ。

眼窩に赤黒い液体が溜まっている。血液にしてはサラサラしていて今にもこぼれ落ちそうだ。なにかの体液があふれているのかもしれない。テーブルにあったキッチンペーパーを詰め込んだ。

部屋を出ると海塚は、施錠した鍵をタクヤの部屋番号の郵便受けへと滑り込ませた。梶谷が車にスーツケースを積み込むところまでを見届けると「四時までに届けてくれ」と言い残し、去って行った。

目の前にある黒いスーツケースのなかに、タクヤが入っている。

手が自分の脂でじっとりしている。後ろでトラックのクラクションが聞こえた。

梶谷は恐る恐るスーツケースのジッパーを開けてみる。

開けた瞬間、鉄を思わせる血の生ぐさい臭いが鼻についた。折りたたまれた状態で、タクヤがケースに収まっている。

「おい」

声をかけてみる。

「まだ、無理か」

左手で持ち上げたケースの蓋を再び下ろそうとした時、タクヤの指先が動いたのが見えた。

「タクヤ」

梶谷はもう一度声をかけてみた。

「気づいたか」

タクヤが手を動かそうとしている。しかし拘束されていて動くことはできない。梶谷は大丈夫かと聞いた。

「だ、れ……」

弱々しい声がした。金色の長い髪が血で汚れた頬を覆っている。

「梶谷だ」

「か、梶谷さん……？」

「ああ。久しぶりだな」

どう声をかけて良いのかわからず、当たり障りのないあいさつをしてしまった。

「お前、いったいなにやったんだ」

梶谷は聞く。

がたがたと大型トラックが通る音がした。

タクヤは答えない。眉間にしわを寄せ、苦悶《くもん》の表情だ。

「俺をどこに運ぶんですか。あんた、運び屋やってるは……」

薬が効いているのか、タクヤは言葉を繋ぐことができない。

運転席に戻り、からからに乾いたタオルを飲みかけのミネラルウォーターで濡らした。

スーツケースを倒してタクヤの体をトランクに解放した。

顔を拭いてやる。

意図せず、手が震えた。目がないタクヤの顔を間近で見たからだ。詰め込んだキッチンペーパーはすっかり小さい深紅の塊になり、目の窪みに溜まっている。残った水をタクヤの口に差し入れた。今の動きで開いたのか、額の傷から血が出てきた。タオルで拭き取って、止血するために押さえてやる。

「手と足、解放してくれませんか」

タクヤが言う。

「いや。だめだ」

梶谷は断った。

眉間にしわを寄せたまま、タクヤがなんでだと問うてくる。

「お前、いったいなにやらかしたんだ」

梶谷は同じ質問を繰り返した。

目の前のタクヤはじっと黙り込んだまま答えない。

梶谷は空になったペットボトルを手で握りつぶした。

「言いたくないんなら別にいい。俺はお前を山梨の内藤病院に届けるのが役目だから」

タクヤが顔をわずかに上げた。梶谷の姿を探すように弱々しく振る。やがて観念したように頭を下ろした。

「タタキ、です。ジョージの金、タタいて」

絞り出すように言葉を吐く。

「そんなことだろうと思った。いくらだ」

「九千万とちょっと」

「そんな大金……。バレないと思ったのか」

「ジョージは俺らとは別チームで金塊ビジネスもやってて、買い付けのための現金があって、佐藤さんが絵描いて、それで……」

「のせられたわけか」

タクヤが力なく頷く。

「佐藤は？　あいつは売られてないのか」

「ハメられました。多分ジョージにバレそうになって、俺ひとりのせいにしたんだと思います。あいつが元々……」

気分が悪くなったのか、タクヤは言葉を止めて、吐いた。赤いものが混じっている。

「ちょっと待ってろ」

梶谷は一旦バックドアを閉じ、車をロックすると、自動販売機の方へ足を向けた。冷えたミネラルウォーターを片手に戻り、くの字に折られたまま横たわるタクヤに水を飲ませた。車内にはすえた臭いが充満している。

梶谷は手首のG-SHOCKを確認した。新宿を出てから一時間十五分が経とうとしている。約束の時間まではあと二時間半ほどだ。

「それで、金はどうしたんだ」

「……わかりません」

「佐藤か」

「……そうです」

少し、間があった。

「本当か？」

「金は品川の貸し倉庫に預けました。そのカードとキーは佐藤が持ってます」

佐藤――。

梶谷は佐藤が嫌いだった。たまに佐藤から運びの依頼をされることがあるが、人を小馬鹿にしたような調子の関西弁がムカついた。

「頼んます。手足と目隠しをなんとかしてくれませんか。頭が熱くて、痛みがだんだん強くなってきて」

麻酔が切れてきたんだろう。ダッシュボードに突っ込んでいたアスピリンを取り出す。暑いのでついでにエンジンをかけた。後ろに戻り、タクヤの首に手を回し、一錠を口に押し込んだ。再びペットボトルをあてがい水を飲ませる。

「悪いが、手足は外せない。それから、お前の目……」

タクヤは、眼球を失くしたことをわかっているのだろうか。

「俺の目……。完全に真っ暗で……熱いっす」

タクヤは少し震えていた。

次の瞬間、言葉にならない声がタクヤの口から漏れた。顔を車の床になすりつけ、目の上になにも巻かれていないことを確認している。

自分に降りかかった災難に気づいたのだろうか。次第に呼吸が乱れてきて、拘束されたままの足で車内の壁を、床を、シートの背中を叩き始めた。

車がわずかに揺れる。

梶谷はバックドアを閉めた。かけるべき言葉が見つからなかった。

梶谷はもう一度時刻を確かめる。

気持ちが揺れている。

2

タクヤをこの世界に引き込んだのは梶谷だと言っても過言ではない。

極道の世界に入るには、それなりの覚悟もいるだろうが、自分たち半グレの世界は、ほんのちょっとしたつまずき、ほんのちょっとした甘い考えで入るやつがほとんどだ。大した覚悟も根性も持ち合わせていない。

それは梶谷もタクヤも同じだった。

梶谷は喧嘩が強かった。グレていたわけではない。

住んでいた地域に荒れた学校が多く、中学、高校とよく喧嘩を売られた。ど田舎の不良にとって楽しみは喧嘩くらいしかなく、彼らは常に対戦相手を求めていた。その都度梶谷は逃げずに買った。逃げても再度絡んでくることは目に見えていたからだ。

梶谷はそのほとんどに勝利した。なぜ勝てたのかはよくわからない。当時は相手が弱いのだと理解していた。理由がわかったのは社会人になってからだ。

高校卒業後、梶谷は愛媛を出て、関東で大学を卒業し、一流とまではいかないがちゃんとした企業で働き始めた。

仕事のストレスと運動不足を解消しようと、週末にキックボクシングのジムに通い始めた。そこで梶谷はめきめきと力をつけていった。自分でもなぜこんなに簡単に強くなれるのか不思議だった。ある時、スパーリング終了後の梶谷にトレーナーが言った。

「鏡を見てみろ」

ジムの大きな鏡に自分の姿を映してみた。いつもと変わらぬ自分だ。首を傾げていると、トレーナーが笑いながら言った。

「わかんねーか。お前、ほとんど攻撃食らってねーぞ」

改めて全身をくまなく確認してみる。確かに血はおろか痣《あざ》らしきものも見つからない。

「お前、パンチもキックもそこそこだけど、避《よ》ける技術だけはなかなかだわ」

トレーナーいわく、動体視力が人並み以上にあるとのことだった。なるほど、と梶谷は腑に落ちた。中高時代、ほとんど喧嘩に負けなかったのは不良たちが弱かったわけではなく、自分が無意識のうちに彼らの攻撃をかわしていたからだった。攻撃を食らわなければ負けることはない。そのまま戦い続けていれば、相手はバテて隙が生まれる。隙をうまくつけばそこそこのパンチでも勝つことができる。

ジムに通い始めて半年後、梶谷はアマチュア総合格闘技の大会に出場して、準優勝の成績を収めた。ジムのトレーナーや仲間から賞賛を浴びた。梶谷は浮かれていた。人生で初めて受けた賞賛だった。そんな時期に、プロモーターを名乗る男から声をかけられた。地下格闘技の試合に出てみないかという誘いで、提示されたファイトマネーは梶谷の月収の三倍を超える金額だった。

金に目が眩んだ梶谷はその誘いを受けた。これがその後の転落人生の始まりとなった。

悪い友達がたくさんできた。当時、六本木を拠点に流行っていたトーナメント戦があり、そこでジョージや海塚の姿を見かけたこともある。

酒、薬、女、借金の四拍子が梶谷を代わる代わる襲い、覚えた快楽から抜け出すことができず、すっかり堕落してしまった。

クラブに出入りしている関係者が次々と摘発された時、梶谷もＬＳＤと大麻の所持、使用、及び譲渡の罪で捕まった。十四日間の勾留、懲役一年六ヶ月、執行猶予三年。もちろん会社はクビになった。

親にも迷惑をかけた。東京で無事に就職した息子が、まさか二十代半ばで犯罪者になるなんて思いもよらなかっただろう。

勾留が解けた後、体裁を気にする親から金が送られてきた。当面の生活費とのことだった。会社は勾留中に解雇されたので、親の愛情に感謝したものだった。しかしよくよく考えてみると、地元には戻ってくれるなという意味の手切金だったのかもしれない。

定職のない、その日暮らしが始まったのが三年前だ。

タクヤに初めて会ったのは、今はもうなくなってしまった麻布十番の〝セブンス〟というクラブだった。そこはVIPルームが充実しており、なにかと重宝していた。その店で大学時代の後輩から紹介されたのがタクヤだ。黒地にゴールドのペンキを落としたような柄が施されたTシャツを着ていた。左耳にはリングピアス。メリケンサックのようなごつい指輪が手の上で光っていた。クラブでは毎晩、代わる代わるいろんなやつと会ったが、一緒にいた女がタクヤの服のセンスを褒めたので、印象に残っていた。

タクヤと再会したのは梶谷が薬物所持で勾留された半年ほど後、麻布十番駅の出入口にある喫煙所だった。

服装は違ったが、タバコを持つ手にはめられた指輪に見覚えがあった。

名前が出てこなかったが、「あ」と思わず声が出た。

こんなところでなにをしているのかと訊ねると、近くの弁当屋でバイトをしていると言う。タバコを吸いながら世間話をしているうちに、共通の知人である後輩も呼んで一杯行こうかということになった。

駅前の焼き鳥屋で、先に飲み始めた。

しばらく杯を重ねた後、タクヤは今働いている弁当屋が来月には潰れるみたいだと言った。

「次の仕事を探さないと来月、アパートの更新もあるしやばいっすよ」

タクヤは十七歳の弟と二人で、江古田に住んでいるという。

「お前、顔いいんだからホストとか、夜のバイトの方が稼げるんじゃないの？」

ビールジョッキを傾けながら、梶谷は提案した。

「でも、あんまり家を空けたくなくて」

弟が時々発作を起こすのだという。

生まれつき、心臓の弁と心室の働きに問題があり、幼い時には手術もしたらしい。数ヶ月前にも夜に心臓発作を起こしたのだという。その時はタクヤが異変に気づき、すぐに救急車を呼ぶことができたので、ことなきを得たそうだ。

「親は？」

梶谷は聞いてはいけないと思いつつ、口にしてしまった。

「ええ。自分が小学校の時に両親が離婚したんすけど、母親は離婚後すぐに脳溢血で死んじゃいました。その後は母方のばあちゃんが面倒見てくれてましたけど、自分が中学生の時にばあちゃんも癌で亡くなって。父親は行方不明、というか再婚して新しい家族作ってるみたいだ、ってばあちゃんが具合悪くなる前に言ってました」

タクヤはハイボールを飲み干した。

「そっか。今夜は大丈夫なのか？」

「はい。今日は友達が遊びにきて、一緒に勉強しています」

「勉強？」

「ええ。俺と違ってめっちゃ頭いいんすよ。小さい頃から体が弱くて外で遊べなかったから、ずっと本読んで、ずっと勉強してたんです。図書館の本はほとんど読んでしまったのかと思うくらいに」

タクヤは笑った。

「マジな顔して〝世界平和〟とか、そんなこと考えてますからね」

今日は弟が通っている高校の友人が来ているのだと言った。

「誰かと一緒だと安心です。あとはあんまり調子乗って盛り上がりすぎなければ」

そうだな、と梶谷もジョッキをあけた。

エアコンが効いてきた。高速を飛ばす車の音が車内にいても聞こえてくる。薄く鳴っているラジオが瑞穂工業の敗戦を伝えている。

ひんやりしたシートに腰掛け、バックミラーでタクヤの様子をうかがった。四角いミラーのなかにはなにも映っておらず、あの激しかった吐息も聞こえない。タクヤは死んだように静かだ。

「タクヤ」

梶谷の呼びかけにタクヤはなにも答えない。

ややあって、小さな声が聞こえた。

「……やばい。痛い……」

ずっとかけっぱなしだったラジオのボリュームをゼロにした。

「梶谷さん、山梨の内藤病院って、あの闇病院のことっすよね？」

思い出したようにタクヤは言った。

内藤病院は解体屋の間宮が運営している闇病院だ。山の上の、赤字廃業した病院を二束三文で買い取り、その施設を利用している。もちろん営業はしていない。

各臓器移植の適合検査と、手術、術後処置だけを請け負っている場所で、借金で首が回らなくなった元検査技師や、麻酔薬の無断持ち出しで解雇された看護師など、どうしようもない連中をスタッフとして使っているらしい。

梶谷は数回、小さなクーラーボックスに入れられた〝なにか〟を内藤病院に届けたことがあった。

「俺、まだどこか取られるんすか」

「腎臓だと海塚が言ってた」

「命だけは助けてやる、ってことすか」

「わからんが、そういうことなんだろう」

腎臓だけで済むだろうか。

タタいた金が九千万円。中国人の金持ちがいくらでも金を積むと言っているからといって、全額弁済できるとは思えない。いい腎臓だとひとつ二千七百万円だと、以前に間宮が電話で話しているのを聞いたことがある。そこからメディアグループ、間宮、梶谷に金が分配され、タクヤに渡されるのは二割程度だ。五百四十万円。まったく足りない。眼球の相場は知らないが、両方合わせたとしてもタタいた金には程遠いだろう。

気づけば、梶谷は貧乏ゆすりをしていた。指がハンドルを叩いている。車が微《かす》かに揺れていた。

「梶谷さん、怖いすか？」

タクヤが言った。梶谷の足の揺れが止まる。

「怖い？　ああ。そうかもしれん」

梶谷は振り返って、後ろを見た。後部座席の向こう側から、声だけが聞こえる。

「そうさ、怖いさ。色々とちまちま運んでる分には問題ない。いいシノギだからな。

金塊でも現金でもチャカでも、なんだって運ぶ。でも……、仲間の身体を運ぶのは嫌だな。いつか……」

梶谷は言葉を止めた。

「そうですよね。いつか同じ轍《てつ》を踏みますよ。あんなやつらと一緒に仕事してたら」

タクヤが梶谷の言葉を引き取った。

「梶谷さんだって、俺のようにいつか運ばれる」

3

タクヤの言葉が、頭のなかで回っている。梶谷はギアをドライブに入れ、アクセルを踏み込んだ。中央自動車道を西に向かって車を進める。

まったく和らぐことを知らない日差しが、三車線の道を忙《せわ》しなく走る車に降り注いでいる。

順調に行けば、一時間もしないうちに内藤病院に到着するだろう。

そこにタクヤを届けて、自分の任務は完了。東京に戻って、海塚から報酬を受け取る。今回は本来の運び以外の作業や雑務も多かったのだから、提示された金額よりは弾んでもらおう。スーツケースだって梶谷の持ち出しだ。このリース代も乗せよう。

そうでないと割に合わない。

梶谷は余計なことは考えず、できるだけ早く内藤病院に到着し、タクヤを病院のベッドに寝かすことだけに集中しようとした。

そして帰りはこの道をぶっ飛ばして戻り、金を手にし、いつもの居酒屋で美味しいビールを一杯呷《あお》るのだ。

そうだ、その後はシャワーを浴びて久し振りに由衣夏《ゆいか》の店に行くのもいい。付き合い出してからはすっぴんの顔しか見ていないが、たまには綺麗に化粧をして着飾った彼女を見るのもいいじゃないか。

隣の車線で、暴走に近い走りをして抜けていくトラックがあった。梶谷も負けじと、アクセルを踏み込んだ。

「梶谷さん」

観念したように黙りこんでいたタクヤが声を出した。

「——がしたい」

「は？」

車の走行音でよく聞こえない。

「小便がしたい！」

アクセルの踏み込みが緩くなって減速してしまったようだ。後ろの車から派手なクラクションを鳴らされた。

「我慢しろよ」

「ダメっす。もう漏れそうです」

「あと四十分くらいで着くんだから」

「ここで漏らしてもいいっすか？」

くそ。やめてくれ。車内で小便なんか垂れられては臭くて敵わない。

ナビに目を落とす。次のパーキングエリアは谷村《やむら》とあった。

大月ジャンクションで富士吉田線に入り、しばらく走ると谷村の表示が見えた。

ウインカーを出し、谷村パーキングエリアに入る。小さめのパーキングエリアで、さして混んでもいない。目に入ったトイレマークの近くに駐車しようとしたが、タクヤの姿を見られるわけにはいかないので、後方の大型車スペースの端に駐車した。

運転席を降り、バックドアを開けてため息をつく。

ドアが開いた音を聞いて少し上げられた顔はまた血で汚れている。

当たり前だが、タクヤの手と足の拘束は解かなくてはならない。

しかしながら拘束を解いて自分で歩かせたとしても、真っ黒な窪んだ目に血だらけの服だ。こんな姿の人間を見かけたら自分だって警察に通報する。談合坂より人が少ないとはいえ、ここにも夏休みの家族連れはいるのだ。

そうだ。小便なら別にトイレに行かなくてもいい。大きいペットボトルでもいいじゃないか。

「クソも出そうだし、吐き気もする」

梶谷の思いつきを打ち消すように、タクヤが言った。

梶谷は舌打ちした。

前の座席に戻り、ダッシュボードのなかを探ったが、ろくなものがない。

「ちょっと待ってろ」とタクヤに声をかけ、車をロックして売店に向かった。店内の入り口付近で千五百円の濃いめのサングラスを見つけた。富士山のイラストが描かれた黒のTシャツも手にする。レジで金を支払う時に目についたウェットティッシュと絆創膏《ばんそうこう》もついでに購入して車に戻った。

バックドアを開ける。手足の拘束を外す前に、血で汚れている顔と髪をウェットティッシュで拭き上げ、額の傷には絆創膏を貼った。新たなウェットティッシュを丸めて目のくぼみに突っ込んだ。

「今から手足の拘束を解くが、変な真似するなよ」

「何も見えねえのに逃げられるわけないでしょ」

声を出すのも辛そうにタクヤは答える。

「声は出せるだろ。変な声、上げた瞬間に死ぬと思え」

きつい言い方になったが、あえて口にした。

——俺はこいつを内藤病院に届けるんだ。

自分に言い聞かせるように心のなかで繰り返す。

余計なことを考えず、いつものように仕事を遂行するだけだ。

運ぶブツが何であれ、オーダー通りに運んで、金を手にする。

以上だ。

アームレスト下のボックスに釣りで使った鋏《はさみ》があった。それを使って革紐を切り、タクヤの手首を解放した。タクヤは解放された手をすぐに自分の目の窪みにやった。

「う」と、体の中から唸るような音を出して動かなくなった。

梶谷はゆっくりと息を吐き、タクヤの肩に手をかけた。

汚れたダンガリーシャツと血で黒くなった白いTシャツを脱がせ、黒の富士山Tシャツを頭からくぐらせた。タクヤは自分でゆっくりと袖に手を通す。サングラスもかけさせる。

足の革紐を解いた。

外に出ようとした時に、タクヤの靴がないことに気づいた。

そうだった。部屋からスーツケースで運んできたのだった。

梶谷はドアポケットに突っ込んでいたサンダルをタクヤの足に履かせた。

タクヤを外へと誘導する。

車をロックし、トイレに向かった。タクヤに自分の左肩に摑まるように促す。熱いアスファルトの上を進み、車道から歩道へ一段上がる前には「ここで一段上がる」と声をかけた。我ながらなかなか親切な誘導だ。

トイレに入って奥の個室スペースまで行き、タクヤを突っ込んだ。鍵が回すタイプのものでわかりにくいのか、ガチャガチャと音はするが、うまくロックできないようだ。

「もう開けとけよ。どうせ俺がここに立ってる」

梶谷は言った。

半開きの扉の向こうで、タクヤが用を足す音が聞こえる。

扉の外でぼんやりと立って待つ。

梶谷は手首を上げて時間を確認した。二時半。ここから内藤病院までは三、四十分で到着するだろう。そう思った瞬間、着信音が響いた。携帯を胸ポケットから出して画面を見る。

海塚だ。胸がなぜか高鳴る。

しばらく画面に見入っていたが、指をスライドさせて受信した。

――もしもし。

――海塚だ。もう着いたか？

――いや。ちょっと小便休憩中で。

――ふん。ところで今晩のギャラの受け渡しなんだが、俺、乃木坂のダーツバーにいるから、そこに来てくれ。

――〝ホワイトホース〟ですか？

――ああ、そうだ。何時頃になりそうだ？　内藤病院にはもうすぐ着くんだろ？

――はい。あと三十分くらいかと。

――帰りは混むから六時は過ぎるか。まあ連絡くれ。

――はい。

電話を切った時、半開きの個室のドアが開いた。タクヤが用を済ませたようだ。

「喉が渇いた」

サングラスの向こうに見える眉間にしわを深く寄せてタクヤが言った。

蟬の鳴き声がトイレのなかまで聞こえている。

来た時と同じように、肩にタクヤを摑まらせ、トイレを出て右に進む。大きな樹の下に、鋭い日差しから隠れるように喫煙スペースがあった。

スポーツドリンクとアイスコーヒーを自販機で買い、そこのベンチにタクヤを座らせる。

ペットボトルを握らせ、梶谷はポケットから取り出したタバコに火をつける。

その煙を感じて、タクヤがこっちを向いたので、火のついたタバコを指に挟んでやった。

「頭、痛くないのか？」

「痛いに決まってます。今もガンガンに……」

タクヤは大きく煙を吸うと、辛そうにゆっくりと吐いた。俯《うつむ》いて額を手で覆った。

ハメられたと、タクヤはさっき言った。

「佐藤はお前のせいにして、ジョージに報告したってわけか」

「ええ……。どうせ俺が池袋連合のやつらとつるんでやった、とか言ってるんだと思います」

「なんでそう思う？」

「計画してる時に、佐藤がそんなことを口にしてました。ちょうどいい具合いに池袋のやつらが六本木をチョロチョロしてるから、あいつらのせいにできる、って」

池袋の連中が突然六本木に店を出したことを言っているのだろう。縄張りをめぐって二つのグループの間で小競り合いが続いていた。

「だからって、ジョージの投資金のことまで池袋のやつらが知ってる、ってのか？

随分乱暴なこじつけだな」

「梶谷さん、ジョージの下にいた河嶋《かわしま》って知ってます？　あいつが裏切って池袋連合に入ったらしくて。佐藤が六本木でばったり河嶋と会ったらしいですよ。それで佐藤はこの計画思いついたんです――。っつ」

　タクヤは痛そうに顔をしかめた。

　それが事実だとしたら、佐藤はジョージにリークされるのを恐れて、摘出手術後にタクヤをどんな手を使っても消しにかかるはず。視力を失ったタクヤが無事に逃げられるとはとても思えない。

　タクヤはバカだ。いくら佐藤にそそのかされたとはいえ、人の金に手をつけた。その代償として眼球を二つ失い、腎臓を一つ取られようとしていて、そのうえ手術後の命も保証されておらず、殺されてしまう可能性が高いのだ。

　自業自得とはいえ、果たして罰として釣り合っているのだろうか。

　タクヤは元々は弟想いの優しい兄だったのだ。ちょっとした間違いでこの世界に入り、ちょっとした出来心で金を盗んでしまっただけだ。

　一方、タクヤを食い物にしようとしているやつらはどうだ。特殊詐欺や金塊の不正取引や臓器売買に手を染めているどうしようもないクズじゃないのか。罰せられるべきは、タクヤじゃなくてやつらじゃないのか。

　しかし、と梶谷は自省する。どうしようもないクズの片棒を自分が担いでいるのもまた事実なのだ。クズのおこぼれをいただく本物のクズ。それが自分だ。

梶谷はゆっくりとタバコを吸う、タクヤを見た。

吐き出す煙が乱れている。呼吸がうまく整わないのだろうか。

梶谷は気持ちを振り切るように立ち上がって言った。

「さ、行こう。手術が終わって解放されたら、連絡してこい。迎えに行ってやるから」

そんなことあるかと思いつつ、言葉にした。

蟬の声が耳に響く。

数秒の間があった。

「ありがとうございます……」

タクヤがつぶやいた。

4

ぐったりと元気のないタクヤを、今度は後部座席に座らせた。

高速に戻り、河口湖《かわぐちこ》方面へ、梶谷は再びアクセルを踏み込んだ。

インターを降り、下道へ出た。

ナビを確認する。内藤病院へは十分ほどで到着だ。

信号待ちで止まった時にまた胸元の電話が鳴った。液晶に目を落とすと、由衣夏だった。

由衣夏は去年から付き合っている関西出身の女で、中目黒のキャバクラに勤めている。梶谷はこの女にいつになく本気になっていた。

いつもラインで連絡が来ることが多いのになぜか今日は電話だ。なにかあったのだろうか。梶谷はすぐに通話ボタンをスライドさせた。

――けんちゃん？　この間買った牛乳、賞味期限きっと切れてるわと思って心配して連絡してん。今、家にいてる？

力が抜けた。

――いや。今は仕事で外に出てる。

――家に帰ってから、間違って飲んだらあかんよ。お腹こわすから。

――ああ。それと今夜、店に顔出すかもしれない。

――ほんまに？　やった。待ってるね。ちゃんと牛乳捨ててから店に来るんよ。

電話を切った。

こんなことまでわざわざ知らせてくる、ちょっとお節介なところが好きだ。

胸ポケットに携帯を戻し、バックミラーに目をやると、後部座席にタクヤの姿がないことに気づいた。

次の瞬間、梶谷の首に冷たいものが当たった。

タクヤがヘッドレストのすぐ後ろにいて、梶谷の首に釣り用の鋏の先を当てていた。

「梶谷さん、どこか人目のつかないところに車を停めてください。でないと、この鋏で首、突きます」

左に冷たい鋏の先。右側から梶谷の首に腕を回してきた。

タクヤの弱り切った姿に油断していた。

反撃しようにも運転中だ。無理に動くと事故る。ひとまず少し先に見えたコンビニの駐車場に入った。店の入り口から一番遠い場所に駐車する。

ギアをパーキングに入れ、サイドブレーキをかけると、間髪容れずに鋏の先を握り、自分のシートベルトを外した。

シートを思い切り後ろに倒す。タクヤの右腕が梶谷の首から外れた。その拍子に鋏を奪い取り助手席に放り投げ、体を後部座席に移す。蹴りを放つタクヤの右足を取った。そのまま手を滑らせて腿《もも》を固定し体重をかけた。柔道の横四方固めの体勢だ。あっという間にタクヤの動きを封じた。

サングラスが飛んだ。

「くそっ」

タクヤが言った。

「なめんなよ」

梶谷はタクヤの耳元で言う。

腕に力を入れると、抵抗しようとしていたタクヤが脱力した。諦めたような大きいため息をつく。

「梶谷さんが強いこと、忘れてた」

その言葉を耳にしながら、切られて短くなった革紐をシート下から拾い、タクヤの手首を後ろ手に縛った。ひと言も言葉を発さずに、足首も縛った。落ちていたサングラスを拾ってかけさせた。

しばらく、ふたりの荒い息遣いだけが車内を充たしていた。

「俺、手術終わったって、解放なんかされないですよね……」

タクヤが言った。

梶谷は答えない。

あと一キロ。山道に入って登っていく。

しばらく走ると、内藤病院が見えてきた。

かつては森林に囲まれた、いい病院だったのだろう。しかし今は建物を囲む木々たちも手入れがされず、荒れ放題になっていて、陰気な雰囲気を醸し出していた。営業しておらず、手術の時しか人が出入りしないのだから静かなことこの上ない。

門にはめ込まれた『内藤病院』の看板の上に『研修施設』のプレートが貼り付けられている。時折、間違ってやってくる地元民向けに、ここは病院ではないということを示しているのだ。

門のそばに、梶谷は車を停めた。

エンジンをかけたまま、タバコに火をつけた。

「梶谷さん、着いたんすか？」

タクヤが言った。

梶谷は答えない。

どうにも自分の気持ちに整理がつかなかった。

このまま、まっすぐ門を入り、タクヤを届ければいいだけなのだが、アクセルを踏めない自分がいる。

罪悪感だろうか。

この世界に入るきっかけを自分が作ったゆえにタクヤにこんな事態が訪れたのだ。

自業自得とはいえ、自責の念は拭えない。

憐《あわ》れみか。

確かに可哀想だ。身寄りもなく、臓器を奪われ、その後殺される運命にあるタクヤが可哀想でないわけがない。でも、それだけでもない。

正直な気持ち、タクヤにこれ以上傷ついて欲しくないのだ。

こんな汚い病院がタクヤの最期の場所にはなって欲しくない。

こいつは狡《ずる》いやつかもしれないが、もう十分罰を受けた。

時計を見た。まだ四時までは三十分以上あった。

「もう少し走る」

梶谷は車をUターンさせると、来た道を逆走した。下道まで下りて、標識が示す西《さい》湖《こ》の方へ向かった。

しばらく走ると、再び携帯が鳴った。走りながら胸ポケットに手を入れて、画面を見る。ちょうど信号が赤になって車は停車した。

海塚だった。しばらく見つめていたが、受信する。

——もしもし。

——おい、梶谷。お前、どこにいるんだ。もう着いてもいい頃なのに、内藤病院に連絡したらまだらしいじゃないか。

——ちょっと腹の具合がおかしくて。もうすぐです。

——早く行けよ。

偉そうなもの言いで、電話が切れた。

なにか、感付かれたのだろうか。

鼓動が速い。やばい。梶谷の足はいつの間にか貧乏ゆすりを始めていた。

自分はいつまで運び屋なんて仕事を続けるんだ。どこかでケリをつけなくてはいけないとずっと思っている。

いつ、どこでつけるんだ。

……今、なんじゃないだろうか。

ここでタクヤを病院に届けたら、俺はいよいよ本物のクズに成り下がる。そんな汚い自分が、胸を張って由衣夏に会うことができるのだろうか。

人生のハンドルを切り直すのは、今、この時なんじゃないか。

もし明日決断したら、自分はずっと後悔することになるんじゃないのか。

梶谷は貧乏ゆすりを止めた。

バックミラーに映るタクヤに目をやる。

よし、決めた。逃げる。

目の前の信号が青に変わっていた。なかなか走り出さない梶谷の車に、後ろからクラクションが乱暴に鳴らされた。

5

「本気っすか？」

タクヤが聞いた。

「ああ。逃げるぞ」

俺は足を洗う、とタクヤに伝えた。

実際、どこかで見切りをつけなければいけないと思っていた仕事だ。自分だって、タクヤのようにいつ運ばれる運命になるかわからない。

東京へはもう戻れないかもしれないが、どこかで地道にやり直せばいい。今はとにかくタクヤを逃がそう。そして自分も逃げおおせよう。

時計を見た。あと十五分で四時だ。できるだけ内藤病院から離れなければならない。アクセルを踏んだ。

しばらく走ってから由衣夏に電話をかけた。

――もしもし。俺。頼みがあるんだ。

――けんちゃん。どしたん？

――俺の部屋に行って、今から言うものを持ち出して欲しい。込み入った事情があって、もうそっちに戻ることができなくなった。

――え。家に戻れへんってこと？　牛乳どうする？

――うん。それも重要な問題だけど、とりあえず話を聞いてくれ。

梶谷はかいつまんで事情を由衣夏に話した。すぐに梶谷の部屋に行き、リビングに置いてあるノートパソコン、ベッド脇の引き出しに入れてあるパネライとタグ・ホイヤーの腕時計とパスポート、クローゼットから何着かの着替えを適当にバッグに詰めて、由衣夏のところに持ち帰って欲しいと頼んだ。

とにかく、金目のものと身分証明になるものは必要だ。

海塚や間宮はまだ梶谷が裏切ったとは思っていないだろう。今なら梶谷のアパートに由衣夏を行かせても安全なはずだ。

持ち出したら、二度と梶谷の部屋には行かないようにと釘を刺した。

――それで、けんちゃん、今からどうすんの？　どこ行くの？

――考えてない。とりあえず、西へ向かうか。

――うん。それがいいよ。名古屋とか神戸とか、とりあえず遠くへ。

――多分三十分以内にはこの携帯の電源切るから。新しいの買ったら連絡する。

――わかった。けんちゃん、気をつけて。どっか落ち着いたらまた連絡ちょうだい。

それと、その目を怪我したお友達、病院連れて行ってあげなあかんよ。

——……おう。

電話を切った。

「彼女、っすか？」

タクヤが言った。

「ああ。珍しく続いてる」

前方に道の駅が見えたので、そこの駐車場に車を乗り入れた。

梶谷はタクヤの手首と足首の拘束を解いた。

「梶谷さん、これ自分の車っすよね。なら大丈夫だとは思いますけど、ひょっとしてGPS付けられてませんかね？」

手をさすりながら、タクヤが言った。

「一応見たほうがいいな」

確かに海塚は用心深いやつだから、その可能性は充分考えられる。同じメディアグループ内の運び屋で、去年GPSを付けられて追い込まれたやつのことを思い出した。そいつは運んでいるのが金塊だとわかって、トンズラしようとしたのだ。あの後、そいつがどうなったかは知らない。上のやつらはタダで殺すだけなんてもったいないことはしないから、今ごろそいつの様々な部位が売られているかもしれない。

梶谷は運転席に座り、ダッシュボード、ドアポケット、ハンドルの下、脇にある小さなボードまで探した。ドアを開け、外に出てシートの下を覗いた。手を差し込む。シート後ろのポケットにも指先を隅々まで滑らせて感触を確かめたが、それらしいものはなかった。

フェンダーの内側にも手を伸ばした。

昔、父親が後ろのバンパーの下に強力磁石の箱をくっつけていたことを思い出した。鍵をなくした時などの非常時のためにそこに車のキーを隠していたのだ。

後ろのバンパーの下にはなかったが、前のバンパーの裏に手を差し込んだ時、四角い小さなボックスが指先に当たった。

固かったが、力を少し入れるとそれは外れた。

ビンゴだった。ボックスを開けると、黒く四角い小さな発信機が入っていた。うっすらと緑色のランプが点いている。

ボックスの蓋を閉めた。ちょうど、二台横のスペースに停められたトラックから、屈強そうな男がひょいと降りてきたところだった。

男はトイレの入り口に向かって歩いていった。

梶谷はすかさずそのトラックの後ろに回り、バンパー裏に発信機をくっつけた。すまない。いつかバッテリーも切れるから、きっとあんたに迷惑はかからない……はず。

車に戻り、運転席のドアを開けた。タクヤにトイレに行ってくると伝え、なにか欲しいものはないかと聞いた。

タクヤの具合はあまり良いとは言えなくなっていた。さっきとは様子がまるで変わって、今は意識が朦朧としてきているようだ。

歩きながら携帯を取り出し、最寄りの家電量販店か携帯電話ショップを探した。

国道を河口湖の方へ戻れば、何軒かある。最寄りと言ってもここから約十キロ以上は走らなくてはいけないが、飛ばせば二十分ほどで到着できるだろう。

放尿し、アイスコーヒーとスポーツドリンクを買って車に戻った。四時になったところで、携帯の電源をオフにした。

車をしばらく走らせると、国道から一筋入ったところに「オジマ電気」の看板が見えた。

敷地に乗り入れ、日陰を探して駐車した。ドアを開けると、日中の暑さが多少和らいでいた。風が車内に吹き込む。

意識が朦朧としているタクヤを閉めきった車内に置いておくわけにもいかないので、窓を全開にしてしばらく待つよう伝えた。返事が鈍かったので、梶谷は振り返ってタクヤの様子を窺う。ぼんやり口を開いている。

「大丈夫か」と摑んだ腕はすごい熱を持っていた。早くどうにかしなければならない。とにかく体を横にしておけと、一旦後部ドアを開けて、背もたれを倒してやった。

病院に連れて行きたいが、行けば絶対に警察に通報されるだろう。眼球が二つともなくなった医者が見ればタクヤの傷が新しいものだとすぐにバレる。眼球が二つともなくなっていて事件性がない、なんて一ミリだって考えないはずだ。

新しい携帯を手に入れたら、次は薬だ。

梶谷はオジマ電気の店内へと足を走らせた。

なかへ入り、携帯電話コーナーを探した。

とりあえず待たずにすぐに手に入る携帯電話の手続きをした。それでも三十分以上はかかってしまうと言われた。

新しい電話の用意ができるのを待っている間に、今の電話の解約手続きを進める。

キャリアのカウンターで携帯を渡し、解約したい旨を伝える。書類を数枚渡された。

必要事項を記入していく。

「まず電源を入れさせていただいて……」

店員が電源ボタンを長押しして電話を立ち上げる。同時に振動を始めた。

「お電話が……」

と戻された携帯画面には海塚の名前が表示されていた。慌てて受信拒否のボタンをタップする。画面左下の通話アプリのアイコンには、「12」と赤い文字が表示されている。ヒステリックに十二回も梶谷にリダイヤルする海塚を想像した。

履歴右側の留守番電話アイコンに赤丸が点いているのはメッセージが残されている印だ。どんなセリフかと考えただけでゾッとする。だから当然再生しない。

店員に携帯を戻して言った。

「なる早で解約をお願いします」

受け取った店員の手のなかで再び携帯が振動する。

「いいんですか？」

「ええ。大丈夫です」

店員が不安げな視線を寄越してきたが、梶谷は目に力を込めてもう一度言った。

「大丈夫です」

新しい携帯を手に入れて車に戻ると、暑い車内でタクヤはぐったりとその体を横たえていた。

時刻はもうすぐ五時になろうとしていた。

病院だ。

携帯を操作して、マップを出し、病院を検索した。できるだけ近くで、できるだけ小規模なところがいい。

現在地から三キロほど離れた場所に「冨田《とみた》医院」という名の病院を見つけた。診察は六時まで受付とあり、今からでも充分間に合う。

車を発進させ、ナビを頼りに冨田医院に到着した。

都内とは違って、駐車場も無料で、十台以上停められるスペースがあった。

運転席に座ったまま、デニムのポケットから財布を手に取り、保険証があることを確認する。

ここで役に立つとは。

会社を解雇された後、健康保険証なんてどうでもいいやと放ったらかしにしていたのだが、数ヶ月前、由衣夏にうるさく言われて仕方なく申請し、手に入れたところだった。

——けんちゃんがやばい仕事してるのは知ってるよ。だからなんかあった時のために保険証は持ってた方がいいでしょ。不景気で仕事もなくて無職です、ってことをちゃんと届けたら、それでいいんよ。就職活動やってるけど、体も弱くて病院も行かなあかん、保険証が必要や、って訴えたら区民なんやから、絶対発行してくれるよ。ね。とりあえず行っときって。

タクヤの傷の状態からすると、痛み止めだけではなく、化膿《かのう》止めの抗生物質を服用しないとまずい。格闘技をやっていた時代に、傷をなめてかかって化膿させたやつを何人も知っている。

しかし効き目の強い抗生物質は処方箋薬だ。手に入れるには医者にかからなくてはならない。

梶谷は助手席に投げ出されていた鋏を手に取った。

迷ったが、左腕に刃先を当て、力を入れて肘《ひじ》の方へ引いた。思いの外《ほか》きれいに切れて、血がみるみる滲んで盛り上がってきた。

いい鋏だな。変なところに感心した。

「ちょっと待ってろ。俺が代わりに病院で薬もらってくるから」

一応タクヤに声をかけ、ティッシュで腕を押さえながら冨田医院へと向かった。

受付を済ませ、診察室に案内されると、若い男の医師が待っていた。べっ甲縁の眼鏡の向こうにつぶらな瞳が見えた。人が好さそうな印象だ。

梶谷は気合を入れて、大げさな声を出して痛みを訴えた。前にも傷が膿《う》んだことがあるので抗生物質の飲み薬と、塗り薬も欲しいと懇願した。これから旅に出るので、当分病院に行くことができないため、多めに薬をもらいたいと言った。

ついでに持病の頭痛もひどいので、強力な痛み止めがあればそれも欲しいと希望した。

アレルギーは今までなかったか、と聞かれる。アスピリンでもロキソニンでもボルタレンでも、これまで鎮痛剤で問題があったことはないと伝えた。

貫禄のある看護師が、苦い顔つきで腕の傷口を消毒してガーゼを当て、包帯を巻いてくれた。ちょっと奇天烈《きてれつ》なキャラを演じすぎたかと反省した。明らかに警戒されている。

無事に処方箋を手にし、梶谷は富田医院を後にした。

教えられた近くの処方箋薬局で薬を手に入れ、そこの駐車場ですぐにタクヤに服用させた。

薬は体質によって合う合わないがある。ええい、ままよ。タクヤ、お前の体質を信じる。きっと大丈夫だ。

薬局で買ったガーゼに、処方された塗り薬をつけた。目の窪みに入っていた血まみれのウェットティッシュの塊を見て、あらためて息を呑んだ。

ためらったが指先でつまんで取り出し、ガーゼを目のなかへ押し込んだ。なるべく窪みのなかは見ないようにした。というか、まともに見ることができなかった。溜まっていた濃く赤い体液は数時間前よりは落ち着いたようだ。目の上から包帯を何周か巻き、テープで留めた。

百均で、ピンセットを手に入れよう。

運転席に戻った。時刻は六時前。中央道から離れ、東名で西へ向かうことにする。とにかくこのエリアから遠ざかることが先決だ。

「梶谷さん」

後ろからタクヤが呼んだ。

「ありがとうございます」

「寝とけ。これから多分二時間ほどは走るから。じきに痛み止めも効いてくる」

梶谷はラジオのボリュームを一つだけ上げて、アクセルを踏んだ。

6

河口湖近くから、富士パノラマラインを抜けて、国道139号線を南下した。一時間ほどで、新富士インターチェンジから新東名高速道路へ入った。

料金所以外は減速せず、ノンストップで二時間アクセルを踏み続けていた。そろそろ集中力も限界だ。どこかに止まりたい。浜松北で新東名を降りた。

国道に入り、コンビニの駐車場に車を停めた。

梶谷は大きく伸びをして、車から出た。足先が軽く痺《しび》れている。同じ体勢で座りすぎて体が軋んでいる。

もう今日は運転したくない。

ここまで来れば海塚たちに見つかることはないだろう。

コンビニのトイレで小便を済ませ車に戻った。声をかけると、タクヤも行きたいと言う。

包帯をしているとは言え、目が覆われているのは目立つので、その上からサングラスをかけさせた。

肩に掴まらせ、ゆっくりと歩き、コンビニのトイレに入った。広いトイレだったので、一緒に入って手を取って便器に誘導した。ここまでの経験で座って用を足すほうが楽だとわかっている。

腹が減った。

トイレの前で待っている間、目が見えていなくても食べやすいものを考えた。ホットドッグやハンバーガーやパン、おにぎりなど、手に持って食べられるものが良いだろうか。

タクヤが出てきた。

「気分はどうだ？」

「ああ、ありがとうございます。随分ましになりました」

「腹、減ってないか？」

「わかんないです。空いてるような、空いてないような」

まだ食欲が出るまでは回復していないか。

ひとまず一服しようと店外の喫煙所に行った。タクヤをベンチに座らせた。今、コンビニで買ったばかりのタバコを取り出して、火をつけた。

「吸いたいか？」と聞くと「欲しい」と言ったので、一本握らせる。

「ちょっと電話してくる」

タクヤが座っている場所から少し離れたところで、ポケットから携帯電話を取り出した。古い携帯で電話帳を呼び出し、新しい携帯で由衣夏に電話をかける。

すでに午後八時近かった。

――もしもし、俺。今大丈夫？

――けんちゃん。うん大丈夫。あー、無事でよかった。今夜は不安やったから店休んでん。これが新しい番号なんやね。それで今どこなん？

――浜松北で高速降りた。

――浜松？　うなぎの美味しいとこやな。けんちゃんとこ、あれからすぐに行ってきたよ。

――ありがとう。荷物重かっただろ。

――ううん。旅行用のトランク持っていったから。それに服も詰めれるだけ詰めてきた。パネライもタグ・ホイヤーもパソコンもACアダプターも入れてきたよ。もちろん牛乳も捨てといた。っていうか、冷蔵庫のなかのもの、さらっといた。ビールとかは持って帰ったわ。だってけんちゃん、もう戻れんねやもんね……。

——ありがとう。今夜はこの辺りで宿探して泊まる。明日からのことは今夜考えるわ。

——そうやった。けんちゃん、私考えてんけど、神戸の三宮に行ったらどうかな。私が前に働いてた店のママが女の子用の寮にしとる小さいマンションあるんやけど、そこが今もし空いてたら、泊めさせてもろたらどうやろか。もちろん少し払わなあかんけど、ちょっとの間身ぃ寄せるにはええんちゃうかな、って。聞いてみよか？　めんどくさい手続きとか必要ないし。

やはり持つべきものは由衣夏だ。優しい女だ。朝からろくなことがなかっただけに、その思いやりが深く梶谷の心に響いた。

——恩に着る。助かるよ。

——わかった。聞いてみるね。目を怪我した人とふたりでしょ。

——そうだ。

——今ならママも出勤前やろうから繋がると思う。連絡ついたらまたかけるね。

電話を切った。

腹が減ってかなわなかったので、店内に戻り、おにぎり四つと唐揚げを買って、ベンチで食べた。タクヤはおにぎりをひとつしか食べなかったので、残りは梶谷が食べた。

今夜の宿は車でそのまま乗り付けることができる、モーテルタイプのラブホがいいだろう。ビジネスホテルよりは安いし、風呂もでかいし、タバコも吸える。

疲れた……。だが不思議な高揚感に包まれていることも確かだった。生き方を変えようと決断した自分に興奮しているのかもしれない。

発泡酒の六本パック一つとつまみをコンビニで買い足して、車を走らせた。

しばらく行くと国道沿いにラブホを見つけた。だがフロントを通りチェックインするタイプだった。敷地に入ったがそのままスルーして、国道に戻る。しばらく走ると看板が出ていたので案内通りに国道を左折して林道を進むと、右手にモーテルが現れた。泊まり料金になるには時間が早く、そのエキストラ料金分だけは先に支払わねばならなかった。結局梶谷は車にタクヤを残し、ひとりでフロントまで行くことになった。

財布を出して二千八百円を払った。

急に、懐にいくらあるのか心配になった。

クレジットカード一枚といくらか残高のある銀行のキャッシュカード一枚。現金は朝、家を出た時に一万円札を三枚は見た気がするが、もう一枚しか残っていない。タクヤの着替えと飲み物、診察と薬で一枚使った。さっきコンビニでもう一枚を崩した。

今、二千八百円を支払い、明日の朝、この宿代で多分一万円近くは飛ぶだろう。そうなると残金は五千円弱。大人二人だと、朝昼晩食うだけで金なんてあっという間になくなってしまう。

部屋に入って、二人がけの小さめのソファに腰掛けた。

梶谷は早速発泡酒を開けて一口飲んだ。タクヤがその音を聞いて、自分にもくれと言った。

「薬、飲んでるのに大丈夫か？　さっき食欲もあんまりなかったし」

「大丈夫す。飲みたいです」

タクヤが手を出した。

「飲ませてください」

梶谷は缶を渡した。タクヤは手探りでプルトップを引く。

リモコンを操作してテレビをつけた。急に大きな女の喘ぎ声が聞こえてきてチャンネルを変えた。地上波の民放に設定するとバラエティ番組に変わり、大勢の笑い声が響いた。

タクヤが二口目の発泡酒を口にした。

「途中まで腎臓取られるのも覚悟してました。まさかこうして今夜酒を飲めるとは思わなかったです」

タクヤがしみじみと話した。梶谷も同感だった。まさか自分が逃げるという選択をするとは予想していなかった。

「ああ。こんなことになるなんてな」

梶谷はもう一口を含むと、リモコンを手に取りテレビの音量を下げた。発泡酒がいつになく、頭のなかでふわりと作用した。

「今朝、なにがあったか教えてくれないか」

梶谷は聞いた。

缶を握りしめ、タクヤが話し始めた。

「昨日マモルと連絡つかなくて。様子がおかしかったからちょっとあいつんとこまで行ったんです。そしたらいなかった。その後ひとりでゴールデン街で飲んでたら、飲みすぎちゃって」

「マモル、ってあの若い大人しそうなやつか？」

「はい。知ってますか？」

「一度見かけたかもしれない」

梶谷は細長いスルメの袋を開けた。

去年、新宿で佐藤とタクヤと若い男が一緒に飲んでいるのを見かけたことがあった。すし好だったと思う。自分は由衣夏と一緒だったので、声はかけなかった。見られたくもなかったので、こそこそとすぐにその店を出た。

「あまり覚えてないんですけど。ゴールデン街を何軒かはしごして、最後の店のマスターにサパークラブに連れて行かれました。飲みながらビリヤードやってたような気はするんすけど、でもちゃんと帰れたみたいで、そのまま家で転がってて。そしたら……」

「間宮が来たのか？」

「ええ。服着たまま寝てしまってて、目が覚めたら十一時近くでした。戸籍目当てにやり取りしてた男がすごい量のラインを送ってきてたのでチェックしてたら玄関の方で音がして、突然男が二人、土足で部屋に入ってきました」

「二人？」

「ひとりは間宮だとすぐにわかりましたけど、もうひとりは見たことないやつです」

梶谷は顎を上げ、最後のひと口を飲み干した。

「そのもうひとりのやつの力が強くて、気がつくと羽交《はが》い締めにされてました。全然動きが取れなくて、そこに間宮が首元になにかを注射したんです。何回か息をしたら、意識が遠のいていきました。でも間宮の手元にメスが見えたからやばいと思ってとにかく体に力を入れて暴れまくったんです。そしたら、今度は背中にもう一本打たれたような痛みが走って……」

間を空けて、タクヤも缶を飲み干した。

「あとは覚えていません」

間宮とその助手みたいな男を一度乗せたことがある。間宮よりひと回り体が大きく、首の短い男だった。内藤病院で間宮が使っている検査技師だろうか。

梶谷は二本目の発泡酒を開けた。

タクヤはアルコールが入ってしんどくなったのか、横にあったクッションに頭をのせた。

世の中、どうしようもないやつばっかりだ。

自分のように小狡いが悪になりきれない、かと言って完全な善にもなれない中途半端な人間がほとんどだと思うが、無抵抗の年寄りの家に押し込み強盗する輩《やから》から、心なんてどっかに置いてきた間宮みたいなやつ、赤ん坊や子供や弱いものを虐待して笑って息してられるようなクズまで。

クズはしぶとくこの世に残り、生きていて欲しい人間がこの世を去る。

不条理ばかりだ。

タクヤの弟が死んだのもそうだ。麻布十番での再会の後、しばらくして後輩からタクヤの弟が心臓発作で死んだと聞いた。弟の入院費や治療費を払うためにタクヤは借金をしたらしく、今は金に困って金策に走っているのだという。

その頃の梶谷は、中国人相手の戸籍の売買に手を染めていた。薬の売買よりも捕まる可能性が低いと思ったからだ。ちょうどパスポート取得のために二十代半ばの男の戸籍を探している中国人がいた。六本木を根城《ねじろ》に始めたデリヘルがうまくいったらしく、金払いのいいやつだった。パスポート取得のためだけの戸籍に二百万円払うという。上納分と自分の手数料二十五パーセントを抜いても売り手に百万円は払える案件だった。

梶谷はタクヤに声をかけた。

頑張って生きることにいささか疲れていたタクヤは、すぐに承諾した。しかも、パスポート申請のためだけに戸籍を買うのだから、タクヤが今後パスポートを取ろうとしない限り、日常生活においては何ら問題ないはずだった。タクヤは健康保険証を持っていないと言っていたが、梶谷が知る限りでは、保険証の取得もできるはずだ。それとも、その後、佐藤たちと仕事をしていくなかでまた誰かに売ったのだろうか。

梶谷は戸籍の売買に疲れて、運び屋になってしまったので、そのあたりの事情はよくは知らない。

タクヤに目をやった。ソファにもたれたままテレビから聞こえる笑い声に顔を向け、じっと休んでいる。

梶谷はそれを見ながら、新しい発泡酒を手に取り、プルトップを開けた。

7

寝すごした。

翌朝、起きた時にはすでにチェックアウトの十時までに一時間もなかった。昨夜はソファで寝落ちしてしまった。汗と脂で身体中がベタベタする。とにかくシャワーだ。梶谷は重たい体を無理やり起こした。タクヤをどうするか考えたが、あれこれ説明するのも面倒だったので、一緒に入ることにし、服を脱げと言った。

そう言った後、なんだか変なシチュエーションだと気づいたが仕方ない。一緒に洗い場に入り、少し高めのスケベ椅子に座らせた。そんな気はないがどうも股間に目がいってしまう。

熱いシャワーを出し、頭からかぶった。

気持ちいい。

腕の包帯をそのままにして入ったので濡れてしまったがもういい。

タクヤの体にもシャワーをかけた。肩から下を濡らす。アメニティのスポンジを袋から出すと、空気を含んで大きくなった。濡らしてボディソープをつけ、泡立ててからタクヤの手に握らせた。

「体は自分で洗え」

梶谷はその間にシャンプーを手に取り、さっさと髪を洗った。

自分の髪とタクヤの身体を水圧を強めにしたシャワーで洗い流す。タクヤには、髪を洗うのを我慢してもらおうかと思ったが、金色の髪に血が付いているのがずっと気になっていたので、洗ってやることにした。頭に巻いていた包帯を取り、バスルームの外にある洗面所に置いた。

髪を洗うためには上を向く体勢しかない。下を向くと湯が眼窩に入ってしまうからだ。タクヤに肘を後ろについて上を向くように言った。おのずと目がタクヤの傷口にいった。詰め込んだガーゼの全てが血で染まってはいなかったので、出血は止まったのだと安心した。

シャワーノズルの届く場所で、タクヤにその姿勢をとらせて、美容師さながらの器用さで髪を洗ってやった。

タオルを後頭部から回し、髪の毛に巻き付ける。

バスタオルを持たせ、バスルームの外へ誘導する。ベッドに腰掛けさせ、その横にタクヤの服を置いた。あとは自分で着られるだろう。服好きのタクヤに富士山Tシャツは可哀想だったが、贅沢は言っていられない。

梶谷は濡れた裸体で再びバスルームに戻り、自分の体を洗った。

バスルームから出た後、お互いの髪をドライヤーで乾かし、仕上げにタクヤの目のガーゼを交換した。部屋に割り箸が置いてあったのでそれを使って、古いガーゼを取り出した。

新しいガーゼに抗生物質の塗り薬を塗って眼窩に突っ込み、上から包帯を巻く。包帯に押さえられた髪を少し引っ張り出してやる。髪で包帯がうまく隠れた。サングラスをかけさせる。

ぎりぎりチェックアウトの時間に間に合った。

部屋の入り口に備え付けの、自動支払機に金を突っ込む。支払いをしない限り、扉のロックが解除されない仕組みだ。災害の時はどうするつもりなんだろうか。なんだか恐ろしいシステムだなと思いながら、支払いを済ませた。

外に出ると、からりと晴れていた。東京と違って、湿度が低いのかもしれない。空気が美味しい。

昨日のうちに由衣夏から連絡があり、三宮のマンションにしばらく住めることになった。次の入寮予定の子がくるのは三週間後らしい。ありがたい。由衣夏も梶谷の荷物を届けに神戸まで来てくれると言う。

店のオーナーママと会う時間は午後六時。三宮までは約二百八十キロ。ノンストップで三時間半あれば到着する距離だ。

薬が効いて気分がましだというタクヤを今日は助手席に座らせた。

運転席にまわろうとした時、ふと二台向こうに停められたセダンが目に入った。品川ナンバーだ。こんなところに東京の車が来るだろうか。とはいえ、自分も練馬ナンバーだ。

おかしくもないか――。

車のドアが開いた。なかから男が降りてきた。

その男を見て、梶谷は立ちすくんだ。

「おい、梶谷」

海塚だった。

「――なんで?」

「そりゃ、こっちの台詞だ。お前、自分がなにしたかわかってんのか。お前のせいで俺の昨日は台無しだ」

海塚の右手に特殊警棒が握られている。やばい。

「GPS外したのに……」

「ばかか。逃げられると思うなよ。常にバックアップを考えるのはこの仕事の基本だ」

ひとつじゃないのかよ。

「なにチャラいことしてんだよ。たかだか腎臓一個だ、どってことない。とりあえず俺にそいつをよこせ」

海塚が一歩、二歩と距離を縮めてくる。

「中国人がすごい剣幕でうるさいんだよ。挙句、腎臓が来なきゃ角膜の代金も支払わないと言っている」

梶谷は海塚の動きに意識を集中させた。海塚が警棒を振り出す。先端が伸びて三倍くらいの長さになった。

「金が手に入んなきゃ、俺もジョージも間宮も困るんでな。是が非でもそいつを連れて帰らなきゃならん」

海塚が警棒を梶谷に振り下ろした。側頭部に襲いかかる警棒をしゃがんで避ける。大丈夫。よく見える。格闘技をやめて四年経つが、持って生まれた動体視力は健在だ。

海塚が二撃、三撃を繰り出してきた。スウェーしてかわし、梶谷は海塚の右手を狙ってハイキックを入れた。

「くっ」

海塚の手から警棒が離れて地面に落ちる。急いで拾おうとする海塚と距離を詰めた。屈んだ瞬間を狙って横っ面にミドルキックを入れる。海塚が体勢を崩して転がる。その隙に梶谷は警棒を拾い上げた。立ち上がった海塚が顔を押さえながら、梶谷を睨みつけてくる。梶谷は警棒を構えた。形勢逆転だ。

「悪いことは言わない。そいつを差し出せ。俺から逃げられたとしても、ジョージの追っ手がすぐにくる。結局逃げられない」

海塚が無表情で言う。パンツのポケットに手を入れると、黒い長方体状のものを取り出した。スタンガンだ。さすが、バックアップの用意は忘れないらしい。

いつまでもこんなところでやり合っていたら通報されかねない。早くけりをつけなければ。梶谷は危険を覚悟で距離を詰めた。

海塚のスタンガンが強烈な破裂音を立てる。火花が散った。相当な威力だ。さらにもう一度、海塚がスタンガンを繰り出してくる。海塚の体が伸びた。その瞬間を見逃さず、鳩尾《みぞおち》にミドルキックを入れる。海塚の体が前に崩れた。すかさず警棒を背中に打ち付け、海塚の右手を足で払った。スタンガンが地面を三メートルほど先まで滑っていった。

とどめだ。梶谷は海塚の背中に続けて二発、警棒を打ち込んだ。海塚は言葉もなくその場に伸びた。

逃げないと。

梶谷はスタンガンを回収し、海塚の車に走った。運転席のドアを開け、キーを抜いた。見ると海塚が立ち上がろうとしていた。どこまでタフなんだ。梶谷は自分の車に戻り、運転席に飛び乗った。ギアをドライブに入れ、サイドブレーキを解除しアクセルを踏んだ。

とにかく走れ、だ。

「大丈夫すか？」

「海塚だった。GPS、一つじゃなかったみたいだ。まだこの車に残ってる。どこかで外さなきゃ。ひとまずあいつが走ってこれないくらいの距離のところで」

十分ほど走り、見つけたファストフード店の駐車場に車を入れた。

すぐに降りて、車の隅々までもう一度点検した。ダッシュボードのなか、上、運転席、助手席の下、リアシートの下、ドアポケットのなか、バックドアのポケット、ナンバープレートの裏、バンパーの裏側と全てのフェンダーの内側――。ない。残るはこの前見つけたフロントバンパーの裏だ。ゆっくり手を動かし、くまなく探す。

あった。この前の場所から三十センチと離れていなかった。盲点だ。

取り出してボックスを開けてみると、うっすらしたランプではなく、しっかりと青いランプが光るGPSが入っていた。

舌打ちをして、電源をオフにする。

昨日、自分でつけた鋏の傷がズキズキしてきた。

薬でも飲むか、と思った時に、タクヤにも飲ませなくてはいけないことに気がついた。

そのまま店に入り、チーズバーガーとコーラを二つずつオーダーした。待っている間に、店内のゴミ箱に海塚の車のキーとGPSをボックスごと捨てた。警棒とスタンガンは護身用に持っておくことにする。

バーガーとコーラの入った紙バッグ片手に車に戻ると、梶谷とタクヤは神戸へと出発した。

8

三宮についたのは、夕方の五時過ぎだった。

浜松から大阪までは高速に乗って移動したが、約束の時間が六時だったので、そこからは時間調整のために下道に降り、寄り道をしながら神戸までやってきた。

由衣夏に教えてもらった住所のマンション前に車を停めた。ナビを見ると、そこはJR三ノ宮駅よりは元町駅に近い場所だった。

ママの名前は瀬川《せがわ》ゆうこ。品のいい六十代の女性だと由衣夏は言った。

――ママには、けんちゃんと、目を大怪我してる人が一緒に行く、って話してあるから。まあ、あれこれ無粋《ぶすい》に聞いてくる人ではないけど、もし聞かれたら適当な理由言っておいてね。

ハザードを出して待っていると、日傘をさした女性が近づいてきた。タクヤと同じくらいの色の金髪をアップスタイルにして、大きな真珠のネックレスをつけた細身の女性だ。

「梶谷さんですか」

声をかけられた。

「はい」

「背の高い、目つきの鋭い感じの人やて由衣ちゃんが言うてたんで、すぐにわかりました。あ、悪うとらんといてくださいね。涼しげなハンサムやという意味で」

透けるような白い肌で、くしゃりと笑った。愛媛の母親を思い出した。

「すみません。お世話になります」

エントランス奥にあるエレベーターで四階まで上がり、部屋に案内された。

玄関を入ってすぐに六畳ほどの小さなダイニングキッチンがあり、そこに通じるように独立した六畳間と八畳間があった。どちらの部屋にもシングルベッドが設置されており、テレビや簡易テーブルなどの生活用品もある。いずれもピンク色だったり、キャラクターの柄が施されていた。

キッチンにはちょっとした家電や調理器具も揃っていた。電子レンジに冷蔵庫と炊飯器。やかんがガスコンロの上に乗っていて、換気扇の下にある大きなトマト缶にはお玉や菜箸が立てられている。

「本当に助かります。ありがとうございます」

「いえいえ、こっちも助かりますよ。空いてたって一円にもなりませんからね。次の子たちが来るまでの間、使ってもらうだけでありがたいです」

ママはにっこり微笑んだ。

加えて心配していた車の駐車だが、ありがたいことに、ママのマンションに一台分の空きスペースがあるので、停めてもいいと言ってくれた。ここからは二駅先で、たまに客人が来る時には事前に連絡するので出して欲しいということだったが、そんなのは造作もないことだ。

最悪、車はすぐに売ったほうが良いのかと考えていたのだ。ひとまずこのことは後に回そう。

家賃は光熱費も含めて一日一人二千円。二人分で三週間八万四千円の計算になるが、八万円にしてくれるという。

「おまけしときます」

慣れた感じでウィンクをしながらママは言った。

由衣夏の知り合いということでもう少しまけてくれるかと思ったが甘かった。この分だと駐車場代も取られるだろうか。ひとまずは黙っておこう。

頭のなかですばやく金の計算をした。手元にある現金が九千円と少し。銀行の残高が二十万円ちょっとはあった気がするが正確な金額を覚えていない。クレジットカードの次の引き落とし額が三万円ほど。ママに三週間の宿代として八万円を支払い、残金が十万円弱。それとて毎日の食費のことを考えたらすぐに消えてなくなるだろう。

「ママさん、突然なんですけど、どっかで求人してたりしたら教えて欲しいんですが」

「梶谷さんが？」

「はい。僕です。おいおいお話ししますが、ちょっと事情があって、東京の住居も引き払わなくてはいけなくて」

ママは部屋のベッドに腰掛けているタクヤに目をやった。

「私の周りで事情がない人なんていませんよ。……そうね。誰か探してるかもしれない。聞いてみましょ」

「なにからなにまで、すみません」

頭を下げ、お互いの電話番号を交換した。今夜、車を停めにママのマンションに行った後、店に金を払いに行くと伝えた。

9

翌朝、携帯の着信音で起こされた。

海塚からかと反射的に布団をはねのけて飛び起きたが、よく考えたらあいつが新しい番号を知っているわけがない。呼吸を落ち着け画面を見ると、由衣夏からだった。今週末に梶谷の荷物を持ってここに来てくれると言う。心が躍った。

昨夜はタクヤを部屋に残し、ひとりで遅くまで飲んでしまった。

ママの店「フラミンゴ」は三ノ宮駅から元町駅にかけて四キロほど続いている高架下にあった。

店内に入ると女の子が三人ほどいる、いわゆるスナックであった。寮を構えるくらいだから、大きい店を想像していた梶谷はすこし拍子抜けした。聞くと、ママの彼だという男の仕事が不動産関係で、あのマンションはその男の勧めで買った投資物件なのだそうだ。最初は他人に貸していたらしいのだが、空き期間に地方から来た店の子に貸して以来、寮として使うようになった。特にここ二年ほどは沖縄から美人が次々とやってきて、寮はほぼ空くことなく使われているという。

「沖縄の子は美人が多いのよ。おまけに明るいし。おかげでこの二年でお客さんもちょっと若返ったわ」

ママは常連客に注いでもらったビールを飲みながら、にっこり微笑んでそう言った。

その後は、ひょっとしたら働き手を探しているなんとかさんとかいう客が来るかもしれない、などという釣り言葉に食いついてついつい飲み過ぎてしまった。

――寮にまた泊まるなんてなんか懐かしいわ。一緒にママのとこ行こね。あ。こんなに浮かれてたら怒られるな。これから大変やのにね。ごめんごめん。

由衣夏と話していると拍子抜けしてしまう。

電話を終えて、ダイニングからタクヤの部屋を覗いた。

テレビの方を向いて、ぼんやり音を聴いている。

細身だが、ガッチリした体つきだったタクヤが一回り小さくなったように見えた。

換気扇を回し、タバコに火をつけた。ママいわく、禁煙とのことなので気を使ってそうしている。

「タクヤ」

タクヤが梶谷の方に少し顔を動かす。

「どう、具合は？」

「だいぶ、ましです」

タクヤの背後のベランダに、昨日干しておいたダンガリーシャツとTシャツがカラカラに乾いて風に揺れているのが見えた。

梶谷と話す時は努めてしっかり振舞っているようだが、相変わらず食欲はなく、気がつくとぼんやり口を半開きにしている。

タクヤはずっと闇のなかにいる。視覚以外の全ての感覚を研《と》ぎ澄まし、そのなかで生まれ変わろうともがいているのだと思った。

テレビの前の小さな折りたたみテーブルに広げられた薬に目がいった。

「タクヤ、ごめん。薬の時間だ」

タバコを消した。

テレビでは、すでに正午の番組のオープニングが始まっている。

食後の薬だったことを思い出し、梶谷は慌てて昨夜買ってきたパンをタクヤに差し出した。ついで冷蔵庫から缶コーヒーを取り出し、シェイクして渡した。

「梶谷さん、薬、形で覚えられますから、なにを何錠何時間ごとに飲む、って教えてもらえますか？　そしたら俺、テレビをつけっぱなしにしておけば時間を把握できるんで、自分で飲めます。俺の薬の管理まで、面倒かけられません」

なるほど。確かにその方が飲み忘れもなくていい。

梶谷は薬の形状を指で確認させた。抗生物質のカプセルが一回二錠で八時間ごと。

これは食後でなくてもいいが、飲み忘れるから、起きた時から八時間ごとに飲めばいい。消炎剤の小さい錠剤が食後に一錠。同じく食後に胃薬が一袋。別の小さな袋が痛み止めで、これは痛む時に一回一錠、次に飲む時は六時間空けなくてはいけない。と、一つ一つ説明した。

飲み間違いを防ぐために、薬を置く位置を分けた。抗生物質はテレビの前。塗り薬とガーゼもテレビの前。痛み止め、消炎剤と胃薬はダイニングにある冷蔵庫の上にした。

タクヤは昨夜、なかなか寝付けなかったようで、しばらく手探りで部屋中を歩いたそうだ。トイレやバスルーム、冷蔵庫の位置は把握できたので、大抵のことはひとりでこなせそうだという。

梶谷は昼食をとった後、手持ちの現金を眺めて、パチンコで勝負をかけようか、それともおとなしくしていた方が良いか、考えあぐねていた。

ママの紹介を待っているだけでは、仕事はいつもらえるかわからない。時間が経つ、イコール金が減る。なにか収入の手立てを考えないと。残金がゼロになってからでは遅い。

千円札を見て悩んだ挙句、五枚だけと決めて高架下を三ノ宮駅の方に向かい、一軒のパチンコ店を見つけて入った。

最初の二十分足らずで、四枚の千円札が溶けてなくなり、最後の一枚を祈るように入れた。

それは何回か瞬きしている間に、あっという間に溶けた。

そうだよな。そんなに甘くない。

帰り道に三宮本通商店街に回って、ファストファッションの店に入り、Tシャツ二枚と綿の短パン二点を買った。締めて二千七百六十円と消費税。

商店街の持ち帰り専門の寿司屋で、一番安い握りセットを二人前とコンビニに寄って発泡酒を買い、店先に無料でおいてあった求人情報誌をもらって部屋に戻った。

タクヤは相変わらず床に座ってベッドにもたれ、テレビの音を聴いていた。

ダイニングに行かせるのも面倒なので、声をかけ、そのままタクヤの前にあるテーブルに寿司を広げた。

「酢飯の匂いが食欲をそそりますね」

そう言い、タクヤは手で寿司をつまみ始めた。

「ビール、飲むか？　発泡酒だけど」

「はい。ください」

缶を握らせる。タクヤは自分でプルトップを引いた。

「ところでタクヤ、健康保険証がない、って言ってたよな」

「ええ」

「俺がさ、タクヤの戸籍を中国人に売った時って、パスポート用だったろ。だから保険証の申請はできる可能性があるはずだぞ。パスポートと保険証では管轄する役所が違うからな」

管理システムは年々進化しているので、今でも同じだとは限らないが、梶谷が戸籍の売買に携わっていた頃は、パスポートと運転免許証、それぞれ別人が申請を出しても、写真が本人であり、書類に不備さえなければ通ることがほとんどだった。戸籍を買った人間がパスポートを取得した後、売った人間がその戸籍を使って運転免許証の申請をすることもできるというわけだ。

この理屈で言えば、戸籍を売ったタクヤでも健康保険証の申請ができるということになる。

「そうなんすか？　もう無理かと思ってました……」

「ああ。あの中国人は兄弟のいるアメリカに行きたいからパスポート欲しがってたんだし、もう日本にいないんじゃないか。そしたら他のことに悪用されていることもないと思う」

「ほんとっすか？」

「一回、調べてみよう。タクヤが、戸籍を売った時に住んでたところ、練馬区だったっけ？　役所に行って、住民票を取り寄せてみたらいいな。それができたら、新しい住所に住民票を移して、障害者申請をすれば金ももらえるんじゃないかな」

と話した後で、すぐに思い直した。

自分たちは逃げているのだった。

発泡酒を一口飲んだ。

「――住民票は今すぐ移すことはできないな」

「そうですね」

タクヤも発泡酒に口をつけた。タクヤの食は進まず、寿司は一人前の半分ほどしか食べられなかった。

翌日は、なにもせずに過ごした。

どうも体に力が入らない。

海塚からなんとか逃げおおせたことがひとつ。

加えて明日の夕方には由衣夏が荷物を持ってここに来てくれる。それもあって、仕事探しは来週から始めればいいだろうという気になっていた。

ダイニングの椅子に腰掛けた。

冷蔵庫から飲みかけのペットボトルのお茶を取り出して飲んだ。

「今日の夕食はどうしようかな……」

「鯵の煮付けが食べたいんで、俺、作りますよ」

梶谷のつぶやきを聞きつけて、自分の部屋にいたタクヤが言った。

タクヤが料理をするとは意外だが、弟とふたりで暮らしていた時に作ってやってたんだろうと思った。食欲が出てきたのは好ましいことだった。

夕方、鮮魚を売っているスーパーへ出かけた。

鯵は比較的安価な魚で、真鯵が二尾で三百円だった。絶対に忘れるなと念押しされた生姜と長ネギもかごに入れてある。

あとは卵のパックと、米を五キロ、インスタントの味噌汁と豆腐、明日の朝食用の、お買い得袋の菓子パンセット、奮発して発泡酒ではなくビールの六缶パックを買って戻った。

まずは米を三合研ぎ、炊飯器にセットした。

ふたりでキッチンに立つ。

梶谷は喉が渇いたので、買ってきたビールではなく、冷蔵庫に残っていた発泡酒を一本開けた。

冷えていてうまい。

「じゃあ鯵を全部流しに出してくれますか」

とタクヤが言った。

パックから二尾出し、シンクに置いた。タクヤは鯵を触って、

「まずは鱗《うろこ》を取らなくちゃいけないな」

と言い、その辺にペットボトルの蓋がないかと聞いた。

昼に飲み終わったお茶のペットボトルを見つけ、その蓋をタクヤの手に握らせた。

タクヤは蓋の下の部分を、鯵の尻尾から頭に向かってスライドさせ、上手に鱗を削《そ》いだ。水道の蛇口をひねって少量の水を出し、鱗を洗いとる。

見えていなくても器用にこなすタクヤの手元を、梶谷は感心しながら覗き込んだ。

「やってみます？」

タクヤが聞くので、梶谷は真似してやってみた。

鯵を引っくり返すと、同じ調子でペットボトルの蓋をスライドさせて、鱗を取った。

その鯵をタクヤの手に渡した。タクヤは触って鱗が取れているか確かめる。

「梶谷さん、上手にできてます」

「すごいな、ペットボトルのキャップ。おばあちゃんの知恵袋だ」

「鱗取りがあればいいっすけど、これでも十分代用できます。あんまり鱗も飛び散らないし、賢いやり方です」

梶谷はもう一尾の鱗も同様に削いだ。

「じゃあ次は〝ぜいご〟を取ります。ここにあるトゲみたいなやつで……」

タクヤがまな板の鯵を触りながら教えてくれた。包丁を使わせるのは危険に思えたので、梶谷が受け持つ。

「尻尾側から包丁を入れて、頭に向かってゆっくり削いでください」

言われた通り、梶谷は慎重に包丁を進めていった。ぜいごのじょりじょりした感覚が包丁を通して伝わってくる。

「深く包丁を入れ過ぎないように、水平に動かすことを意識して……」

梶谷は息を詰めて目の前の鯵に集中する。

「梶谷さん……？」

無言の梶谷を不審に思ったのか、タクヤが声をかけてきた。

「ちょっと……」

「はい……？」

「黙っててくれ」

もう少しで削ぎ終わる。

「よし」

表側のぜいごを無事に処理することができた。タクヤに確認してもらう。

「どうだ？」

タクヤはぜいごのあった場所に指を滑らす。

「大丈夫そうです。こんな感じで残りもお願いします」

梶谷は、裏側のぜいごにも同様に包丁を入れていく。

「それにしても……」

タクヤがこちらを振り向いた気配がする。

「鯵一匹捌くのも、意外と大変なんだな」

続けてタクヤの指示を仰ぎながら頭を落とし、内臓を取り出して洗う。順調に調理を進めていった。

長ネギは四、五センチくらいに切り、生姜は皮を剝いて薄切りにした。

「鍋があればいいんですけど、なければフライパンでも構わないので、そこに水と酒を百ミリリットルずつ入れてください。計量カップがなければ、ペットボトルの三分の一くらいで」

手頃な鍋が一つあった。計量カップは見つからなかったので、ペットボトルで量った。

料理酒もなかったが、流しの下に焼酎があったので梶谷はそれを入れた。醬油を大さじ三、砂糖とみりんを大さじ二入れて欲しいとタクヤが言った。もちろん計量スプーンもなかったので、カレー用のスプーンで適当に量り、鍋に加えた。

梶谷は合わせた煮汁をスプーンで一すくいし、タクヤの口に持っていった。タクヤは口のなかでそれを味わった後、頭を少しひねり、砂糖を少し足してくださいと言った。

　梶谷は砂糖を少し足して、そこに生姜を入れて火にかけた。

「今年の正月はでかいシマ鰺で作ったんですよね。マモルに食べさせました……」

　なぜか間が空いた。

「タクヤが料理するとは、それ自体が驚きだわ。俺は釣りはたまにするけど料理はからきしだ」

　沈黙を埋めるように梶谷が言った。

「俺は釣りはしないっすけど、魚が好きなんですよね。死んだ弟も鰺の煮付けが好きで」

「煮付け、っていうと鯖《さば》を想像するけど鰺なんだな」

「ええ。鰺の方が安いことが多いんすよ。貧乏でしたからね。小さい時に面倒見てくれたばあちゃんが魚料理をよく作ってくれて。なかでも兄弟揃って好物だったのが鰺の煮付けでした」

　甘い匂いが立ってきた。煮汁のなかに鰺を並べて、長ネギも入れる。キッチンペーパーかアルミホイルがあればそれを落とし蓋にしてくれと言われた。

　十分ほど経つと、いかにもうまそうな煮付けが鍋のなかで出来上がっていた。醤油と生姜の甘辛い香りが食欲をそそる。白米が炊ける独特の甘い匂いも加わり、なんとも言えぬ温かい空気が部屋中に漂った。

「おにぎりにしたいですね」

タクヤは炊けた米を全部塩むすびにしたいと言った。

梶谷は茶碗で食べたかった。鰺をご飯にのせて煮汁を少しかける。一気にかき込んだらどれだけ美味いだろう。作りながらそんなことを考えていたのだ。

しかし塩むすびもいい。それなら海苔《のり》も買ってくればよかった。

梶谷は同意した。

炊飯器から内釜を出し、ダイニングテーブルの上に置く。言われるままにしばらく放置して熱を冷ます。三合分のおにぎりを作るのは結構な手間だ。それをあえてするということは、おにぎりもまた弟との思い出の食べ物なのかもしれない。

椀に水を入れ、皿に大きいスプーンふた掬《すく》い分の塩を盛った。梶谷はタクヤの手を取り、水と塩に誘導する。

タクヤは小さめの塩むすびをどんどん作っていった。

梶谷はタクヤが握った小さな塩むすびを皿に載せていく。

中ぶりの皿の上に小さな俵形《たわらがた》の塩むすびが重ねられていった。

タクヤの部屋でつけっ放しになっているテレビで夕方のニュースが始まったようだ。

女性キャスターの声が聞こえた。

「仕事手伝ってもらってた子が、このキャスターの神尾あやこに似てるんですよね」

タクヤがぼそりと言った。米を握る手は止まらない。

塩が足りなくなったので、梶谷はもうひと掬いを皿に追加した。

テレビでは八月六日から始まる仙台七夕まつりのことを話題にしている。

「仙台って、一ヶ月遅いんだな。七夕……」

今度は梶谷がぼそりと言った。

七夕、って短冊に願い事を書いて誰が叶えてくれるんだったかと不意に思った。彦《ひこ》星《ぼし》、織姫《おりひめ》か？　いずれにしても今は願い事だらけだ。明日、由衣夏が来たら一緒に短冊を書いて、仙台の方に向かってつるそうか。

「梶谷さん、ニュース！」

突然タクヤが声を上げた。

「え？」

「テレビ、テレビ観てください！」

梶谷は何のことだと思いながら、タクヤの部屋にあるテレビの画面を観に行った。

ニュースは七夕まつりから次の話題に変わっていた。

黒っぽい画面にカメラの方を向いているスキンヘッドの男の静止画。下のテロップには「（幹部）佐藤秀人《ひでと》（29）」、右上には〝六本木・半グレ集団「メディアグループ」20人以上逮捕〟の文字。

「佐藤だ。マジか？」

「ええ、今、メディアグループ二十人以上の逮捕者、って」

タクヤの声が弾む。

ニュースはあっけなく終わり、次のトピックへと画面が切り替わった。

「ちょっと待て」

梶谷は自分の部屋に置いていた携帯を取り、検索をする。

そのニュースはすぐに見つかった。

――六本木・半グレ集団「メディアグループ」20人以上を逮捕。相次ぐぼったくりや監禁、傷害事件、特殊詐欺も。

――ぼったくり、客に暴力行為。都内数ケ所のオレオレ詐欺の基地〝箱〟摘発。売り上げは一部暴力団に流されていたとみて警視庁が捜査。

車に乗せられて護送されるジョージの写真が載っている。キャプションには「幹部・市岡譲治《いちおかじょうじ》容疑者（30）」とある。

次の一枚には、さっきテレビで見た黒いTシャツにスキンヘッドの佐藤が写っている。「幹部・佐藤秀人容疑者（29）」。

――メディアグループのメンバーは今年6月、港区六本木のガールズバーで30代の男性客に飲食代などとして60万円を請求した上で監禁・暴行し重傷を負わせたほか、7月には対立する半グレグループが経営する飲食店に金属バットなどを持って集まり、男性経営者に催涙スプレーを噴射したという。

六本木と新宿において昨年8月以降、メディアグループが暴力団の資金獲得活動（シノギ）に関わるようになり、ガールズバー、キャバクラを経営。酔客へのぼったくりや暴行・傷害事件などを繰り返し月5千万円ほどを売り上げ、一部は指定暴力団組織に渡っていたとみられる。警視庁麻布警察署には、メディアグループに関する被害相談が約100件近く寄せられていた。

またメディアグループは特殊詐欺に関与していたとみられ、警視庁は実態解明を進める。

暴力団に属さず「半分グレている」状態から名付けられた半グレは組事務所のような拠点がなく、実態把握が難しい。警察庁は一部の半グレを「準暴力団」と認定。全国の警察に組織の実態解明や取り締まり強化を指示している。

国際イベントが相次ぐ東京で、治安を乱す半グレへの対策は急務で、警察庁は警視庁捜査4課なども連携し捜査を進めていた。

リーダーの男は同署の調べに対し「メディアなんて知らない」と容疑を否認している。

残念ながら海塚や間宮の写真を見つけることはできなかったが、一緒に捕まっていてくれと、梶谷は心底願った。

ネットニュースにざっと目を通した後、タクヤにそれを読んで聞かせた。

「やったな。ひとまず、あいつらの追跡からはひと息つけるかもしれない」

「ええ」

とはいえ楽観はできない。

捕まったやつらが余計なことを言えば、梶谷にも捜査の手が及ぶ可能性は大いにあるだろう。中身を知らずに運びました、なんて言い訳が通用するとは思えない。もしかしたら既に追われているかもしれない。ここまで車で逃げてきたのだ。警察が本気を出せばNシステムですぐに足取りは割り出されるだろう。

しかしながら、捕まった者たちが積極的に罪状を話すことはないだろうと梶谷は踏んでいた。余罪を告白して自らの罪を重くするとは考えにくい。甘い考えかもしれないが。

梶谷はあとで公衆電話から、内藤病院のことを匿名《とくめい》でタレ込もうと決めた。自分が捕まろうと捕まるまいと、あの病院はこの世からなくなった方がいい。

ダイニングテーブルの上には、鰺の煮付け、インスタントの味噌汁、冷奴と四段に積まれた俵形の塩むすびが並べられていた。

梶谷は鰺の煮付けを口にした。

「美味しい」

思わず声を上げる。タクヤの唇が横に引かれた。

明日、もう一度作って由衣夏にも食べさせてやりたいと思った。

タクヤが塩むすびを取ろうとした拍子に、ひとつがコロコロと皿の上から転がり落ちた。

「あ。すいません」

タクヤが手を床に伸ばして落とした塩むすびを探す。

「大丈夫。俺が取るから」

梶谷はそれを拾い上げて、ついた埃《ほこり》を払った。

その塩むすびを自分の口に放り込み、新しいひとつをタクヤの手に握らせた。

テレビから明日の天気予報が聞こえてくる。

全国的には晴れ。平年以上の暑さが日本列島を襲うが、フィリピン海沖で発生した台風が、来週にも上陸する可能性が高いという。

ふたりは、黙々《もくもく》と白米を嚙み続けた。

文庫版特別書下し

神尾あやこの憂鬱

「あやちゃん、一応全部出力しといたよ」

番組ディレクターの宇山章仁《うやまあきと》が、ホッチキスで留められた紙束を黒いPA台の上に置いて着席した。前面には大小様々なモニターが規則正しく並んでいる。テレビ局内の〝サブ〟と呼ばれる、映像の編集やコントロールを行う副調整室である。

神尾《かみお》あやこは宇山の横に腰掛けながら礼を言い、その束を手に取ってパラパラとめくった。

番組に寄せられた視聴者のコメントである。

〝神尾さんの笑顔にいつも癒《いや》されてます。これからも頑張ってくださいね〟〝今日の神尾さんの髪型素敵でした！　真似してみます〟〝あやちゃん、痩せましたか？　報道番組は大変そうです。ちゃんと食べてくださいね〟

お天気キャスターだったあやこをまるで家族の様に応援するコメントがまだまだ多

い。番組の内容に触れたものも段々と増えてはきたが、やはり世間の印象は「かわいらしくお天気を伝えるお姉さん」のままである。

あやこが、朝のワイドショー番組でお天気キャスターを務めていたのが約二年間。その後、平日夜のニュース番組で臨時MCを数度経験し、日曜夕方の人気報道番組『サンデー報道7デイズ』のMCに抜擢されたのは先月の話だった。

前MCの女性キャスターが、財政難である出身地の県知事に立候補を決めたからである。

安定した高視聴率の番組。地元を救うべく転身した女性キャスターの後釜。イメージはすこぶるよい。またとないチャンスをあやこは摑んだのであった。

だが、だからと言って後任のあやこの評価が突然変わるわけでもない。番組の肝いりコーナー【神尾あやこの目】で、硬派な内容を取り上げ始めてから、徐々に変化を感じつつあることだけが救いだ。

コーナーでは、社会で問題になっているトピックスを扱ってきた。まだ三回しかオンエアをしていないが、第一回目のタイトルは、〝オレオレ詐欺、半グレたちの行方〟。三ヶ月前の大規模な半グレグループ逮捕に端を発した、詐欺グループの拠点を追ったものであった。

あやこは周囲の反対を押し切って現場へ出向き、取材チームが見つけ出したプレイヤーと呼ばれる青年にも直接取材を敢行した。謎に満ちた彼らの実態に迫った内容となり、評判は上々だった。

「これとは別に、〝あやこの目〟の反響とリクエストはまとめてあるから」

宇山は言った。

「やっぱり一回目の反響が一番大きいな。二週間前なのにまだこんなにコメントが入るなんて」

卓上のスイッチをいじりながら、宇山の視線は前方モニターを追っている。

「ありがとうございます。思いきって取材に行ってよかったです」

あやこは紙を置いて微笑んだ。

順調だ。順調である。

平静を装いながらも、心の中では拍手喝采が響いている。

局アナではない自分が、アナウンサーの仕事を希望して今の事務所の面接を受けてから、早五年の月日が流れようとしている。もう三十歳も目前である。

キー局の新卒アナウンサー採用試験には全部落とされた。しかし、東京出身の自分が地方局を受ける気にはなれず、大学卒業後、都内のアナウンサースクールに通い続けた。

事務所のすすめで、最初の二年間はバラエティ番組のアシスタント的な仕事も甘んじて受けてきた。それが今後、アナウンサーとして活躍するための一助になると信じたからだ。

お笑い芸人と一緒に挑んだ大食いロケ。私生活暴露を余儀なくされたひな壇トーク。最終的には報道キャスターになることを夢見て頑張ってきた。

あやこよ、よくやった。

そうなのだ。ようやく摑んだ夢のポジションなのである。

「それで今夜の、〝マルチ商法の真実〟だけど、やっぱりあのシーンはオンエアが難しいらしい」

「先方が了承しませんでしたか」

今日の夕方オンエア分の【神尾あやこの目】は、マルチビジネスの世界を取材した。寝るだけで健康になれる。そんな謳い文句の磁気マットレスで体調を崩した利用者が発売元を訴えた。発売元は真っ向から否定、憤慨した利用者のリークでウェブニュースが報道するに至った。

問題だったのは、それがマルチ商法だったことだ。

〝法律スレスレの悪徳マルチ商法〟〝高齢者に高額マットレス売りつけ〟などの見出しと共に、発売元が主催する「健康増進協会」なるマルチ組織の実態が暴かれた。

あやこは広島に飛んだ。訴え出た利用者と、訴えられたＨｅａｌＴｈＦｏｒｅｖ

er（HTF）広島支部のインタビューをするためだ。利用者はマットレスの効能の真偽、活動の違法性について捲し立てた。

一方HTFは、大学教授による効能証明書を見せながら商品の素晴らしさを力説した。活動の合法性をわかって欲しいと、協会が開催するセミナーの取材も許可してくれるほど協力的だった。

ところが先日、放送内容の事前チェックを求める旨、急遽申し入れがあったのだ。

「ああ。編集したVTR見せたら、向こうの担当者にどなられた。インタビューもセミナーも放送しちゃだめだってさ」

「セミナーは覚悟してましたけど、インタビューもですか？」

「うん。食い下がったんだけどね。弁解するチャンスですよ、って。でも、〝本部の意向〟の一点張りで、カットせざるを得なくなった」

「そっか……。残念です」

宇山は映像を目の前のモニターに映し出した。ぼかしの入った利用者が熱弁をふるっている。

「広島の撮影分で使えるのは利用者のインタビューとセミナー会場の外観だけだ。だから後は実際に現場で体験した神尾あやこの、それこそ君の〝目線〟で、感じたことをきちんと言葉で伝えて欲しい」

あやこは一時停止された画面をじっと見つめた。

「ハードル高いと思うけど、頑張って」

宇山はあやこの目を見てしっかりと言った。

「はい」

あやこは考えた。

あの独特の雰囲気をどう表現しよう。

健康への執着。熱心な商品説明。口元に貼りついたような笑顔。

何より印象に残っているのが、まっすぐな瞳で言われた一言だった。

〝人の幸せを応援することが自分の幸せに繋がるんです。素晴らしい仕事だと思いませんか〟

——信奉者？

いや、この表現を断定的に使ってよいのだろうか。

「それと、アダルト業界のスカウトの話も、結構取材進んでるらしいぞ。昨日リサーチのこーくんが、大阪でパグに似たスカウトマンに取材して、随分面白い話聞けた、って喜んでた」

宇山の言葉に我に返った。

週に一回の企画である。水面下でこのコーナーの準備は着々と進められている。

そのとき、アシスタントADがけだるい様子で、クリップで綴じられた紙を二つ持ってきた。宇山は軽く頷いてそれを受け取った。

「これ、〝あやこの目〟の反響コメントまとめたやつね。あとは、次回の〝戸籍売買の闇〟のインタビュー追加資料かな」

「ありがとうございます」

あやこは受け取って、内容に目を通す。

すると看過できない文章を見つけた。

〝神尾あやこそっくりの人に会って酒を飲みました。その後、戸籍を売ったら金になると話をもちかけられました〟

あやこは紙から顔を上げた。

「宇山さん、これ……」

「ああ。俺もちょっと気になった。なんかあやちゃんに似た女がいるみたいだな」

あやこは眉根を寄せた。

なんなの、一体。

もう一度、そのコメントを読み返す。

「これって、犯罪に当たりますよね？」

「いや。SNSでのやり取りで、戸籍が金になるという話をしただけだから微妙だな。

裏に犯罪組織がいるとしても、その繋がりを示す証拠がないことには何とも……」

気持ち悪い。

自分に〝そっくり〟な顔をした人間が、裏社会で暗躍しているのである。

「まあでも、自分に似た人間が世界に三人はいるっていうじゃん」

「ドッペルゲンガーですか」

「そうそう。こういう偶然があったとしても、不思議じゃない」

「わかるんですけど、私としては犯罪の片棒を担いでる、ってのが嫌ですよ。髪型とか変えてイメチェンしようかな」

宇山はあやこを見て笑う。

「まあまあ。オンエアまであと一週間あるし、ぎりぎりまでこの女とコンタクト取れないか頑張ってみるよ。めちゃくちゃ似てたら、あやちゃんと対決、とか面白そうじゃないかな」

「いやですよ。会ったら死んじゃうんですよね？　ドッペルゲンガーって」

「ははは。ごめんごめん。つい、バラエティ時代の血が騒いじゃった」

それから今日放送分の進行メニュー、原稿内容の細かい打ち合わせをした。

サブを出て、自身の控え室にあやこは向かった。

似ているという女性の存在があやこの中でぐんぐんと膨らんでいく。

本当にその人が自分にそっくりだったら？

そして闇社会で暗躍して、罪を犯しているとしたら？

私にその闇がふりかかってくるなんて事はないだろうか？

人々が「神尾あやこに似ている人」ではなく、「神尾あやこ」と間違えないだろうか？

このポジションを脅かされたりはしないだろうか？

悪い想像はとどまるところを知らず、あやこの頭の中を席巻した。

（ふう……）

不安を落ち着かせようと、深呼吸をした。

腕時計に目をやると、本番まであと一時間半だった。早く身支度に入らなくてはならない。

控え室に入り、スタイリストが用意してくれた衣装二パターンから一つを選んだ。きれいなコントラストのマルニのワンピースだった。品のあるボートネックは首元の露出もちょうどいい。スタイリストは続いてアクセサリーも見せてくれた。

「うん。これくらいの大きさなら大丈夫。華美なものは報道には向かない。だが、控えめな小ぶりのアクセサリーは、印象をよくすることに役立ってくれる。

着替えた後、局のヘアメイクが常駐しているメイクルームへと向かった。

「おはようございます」

あやこが挨拶しながら入っていくと、出迎えてくれたのはいつも担当してくれる秋《あき》田久美《たくみ》だった。先週まで肩にかかるほどの長さだった髪をバッサリあごのラインでカットしている。

「あ。秋田さん、髪を切ったんだ」

あやこがそう言うと、秋田は「短い方が楽なもので」とにっこり微笑んだ。

「ちなみに失恋ではないですよ。何回もおじさま連に言われましたけど」

秋田はあやこを奥のセット鏡の席に誘い、膝上にブランケットを掛けた。

「私も髪、切ろうかな」

あやこは鏡に映った自分の姿を見ながら呟いた。

「え？　どうしてですか。めっちゃいい長さだと思いますけど」

秋田はあやこの髪を触った。

「心境の変化ですか？　今日はいつもと違うスタイルにしてみますか」

胸元にはかからないくらいのセミロングの長さで、下ろした髪を軽く巻き、耳元から後ろに結ぶ〝ハーフアップ〟が、あやこの定番スタイルではある。

だがさっきの話を受けて、イメージを変えたい気分でいっぱいだった。

いっそのこと、短く切ってしまおうか……。だが今、突然のヘアカットは無理だ。

「ちょっと印象を変えたいから後ろでまとめてみようかな」

「いいですね。じゃあ巻いた後、ルーズアップにしてみましょう」

髪を触りながら言った秋田にあやこは「お願いします」と応えた。

鏡の自分を見つめた。

また眉間が寄った。

「難しい顔して、大丈夫ですか?」

秋田が鏡越しに言う。

「なんか、この顔が今日は憂鬱で」

未放送の番組内容のことは、うかつに話題にできない。あやこはやんわりと自分の容姿について触れた。

「どこが憂鬱なんですか。私、神尾さんのお顔、好きですよ。髪質も」

秋田は優しい。

いつもそんな風に自分たちを励ましてくれる。バラエティ番組の収録でケチャップまみれにされた時も、生理前で肌荒れし、吹き出物をいっぱい顔に作ったときも、冷静にそれをカバーしてくれた。

「ああ。そう言えば、昨日うちに面接にきたヘアメイクさんが、めちゃくちゃ神尾さんに似ていてびっくりしたんですよ。みんなで盛り上がっちゃって」

あやこは突然目が覚めたように、閉じていた目を開いた。

なんなのだ。最近は。気持ち悪い。

自分に似た顔が、急に周りで増殖している。

(やめてよ)

鏡の中の自分を再び見つめる。

「その人、秋田さんのメイク事務所に採用されたの？」

思わず聞いた。

「ええ。来月から。ここにも入ってもらう予定です」

あやこは今すぐ美容院を予約して、この髪をバッサリ切ってしまおうと考えた。

そうでないと、この憂鬱な気分は二度と晴れないような気がした。

解　説

葉真中　顕

コンクリートの底に、静かに水が溜まっている。

この一行から本作『愚か者の身分』は始まる。二行目でそれが貯水槽や水たまりではなく神田川の描写であることが、そして三行目で新宿近辺の神田川ということがわかる。

もし土地勘のある人が読めば、ああ、あの辺りかと、具体的な場所を推測できるだろう。そうでなくても、繁華街のほど近くを流れる人工的でうら寂しい川の情景をありありと思い描くことができるだろう。新人のデビュー作とは思えない流れるような筆致だ。しかもこのオープニングは、その後、語られる物語を象徴しているようにも読むことができる。

本作は半グレが仕切る戸籍売買ビジネスに関わった者たちを描く連作短編集だ。半グレとは、概《おおむ》ね二〇〇〇年代から日本の都市部を中心に台頭してきた犯罪集団だ。暴走族など若者の不良グループを母体とすることが多く、暴力団に所属することなく振り込め詐欺やヤミ金融などの非合法のビジネスに手を染める。暴力団ではないので暴対法（暴力団対策法）の対象にはならず、芸能プロダクションの経営など合法的なビジネスを手がけていることも多い。取り締まる警察の側からすれば、やっかいな存在と言えるだろう。

半グレ組織はあらゆる意味で暴力団よりも敷居が低く、フットワークも軽い。任侠道のような古くさい戒律はないし、上下関係も親分子分のように仰々《ぎょうぎょう》しいものではなく、先輩後輩、あるいは上司部下といった一般の学校や会社のそれと同じようなノリだ。組織に入るときも多くの場合、盃《さかずき》を受けるといったような大げさな儀式はない。

本作の各話の主人公たちも、半グレと関わってはいるものの、根っからのアウトローというわけではない。たとえば一章の主人公、マモルは中卒でなかなか定職に就《つ》けぬまま職を転々としてきた青年。二章の主人公、希沙良は昼はヘアメイク、夜はキャバクラで働く女性である。二人とも、品行方正なタイプではないが、悪人ではない。希沙良が「結構もらえる」仕事として戸籍売買の手伝いに誘われたとき口にした台詞《せりふ》がそれを物語る。「人殺しと泥棒以外なら」。そう、彼らは積極的に人を困らせたり傷つけるような犯罪に手を染めたいとは思っていない。その程度の善良さは持ち合わせている。これは三章以降の主人公たちもみな同じだ。

それぞれに事情を抱えてはいるものの、みな表の社会の住人、いわゆる〝カタギ〟の若者なのだ。

半グレが従来の暴力団と大きく違うのは、その敷居の低さゆえに、彼らのような〝カタギ〟を巻き込む術《すべ》に長《た》けているということだろう。

マモルも希沙良も、他の章の主人公たちも、多くは成り行きや、ちょっとしたきっかけで、その低い敷居を跳び越えてしまう。その瞬間には、たとえば盃を交わして暴力団に入るときのような覚悟はないだろう。もしかしたら敷居があったことさえ気づいていないかもしれない。

しかし彼らが関わることになる戸籍売買は、紛れもない犯罪だ。それを仕切る半グレ組織の中核には、人殺しも厭《いと》わない本物のアウトローがいる。そこはもう裏社会なのだ。本作はエンターテインメント小説であるからして、彼らは、当然のごとく想像もしなかったトラブルに巻き込まれてゆく。

この社会の表と裏がシームレスにつながってしまっている状況こそが、バブル崩壊後の日本のリアリティだ。本作は連作短編の醍醐味《だいごみ》とも言える重層的なストーリーの背景に、それを見事に織り込んでいる。

ポーランド出身の社会学者、ジグムント・バウマンは、ポストモダンと呼ばれる今日の社会はあらゆるものが液状化してゆくと論じた。

私の考えではバブル崩壊後、年号で言えば平成に入ってからの日本社会は、まさにバウマンが指摘したとおりの液状化の時代を迎えている。

カタギとヤクザという言葉が示すように昭和の昔にはあったはずの表と裏の境界線は曖昧になった。格差が拡大し一億総中流なる幻想は崩れ去ったが、その一方で巨万の富を得たIT企業の社長と、ネットカフェで寝泊まりし日雇い仕事で糊口《ここう》を凌《しの》ぐ労働者が、同じｉＰｈｏｎｅを使っている。

格差や階級は厳然としてあるはずなのに、目に見える境界は溶けてしまい曖昧になっている。そこに根城《ねじろ》を張るのが半グレだ。半グレのグレには、グレーゾーンの意味もあるという。

冒頭で描写される神田川の情景は、その曖昧な境界を描き出しているように読める。都会の片隅の底までコンクリートで固められた川には、自然の雄大さはなく、むしろ淀《よど》みが感じられる。それは本作の登場人物たちのようでもあり、彼らを取り巻く社会のようでもある。

一章の主人公、マモルは〝上司〟であるタクヤが落としたコム・デ・ギャルソンのシャツを拾うため、この川に入る。傍から見れば、その行動は愚かに見える。そう、本作の題名は『愚か者の身分』だ。

しかし読み進めてゆくうちに、著者がこの愚か者たちを決して突き放してはいないことがわかる。むしろ描かれるのは、愚かにもこの曖昧な境界を踏み越えてしまった者たちの、決して愚かとは笑えない決断や行動だ。

それもまた冒頭の神田川のイメージと重なる。雄大さはなく、淀んでいるように見えても、水は少しずつ流れているのだ、広く大きな海に向かって。そう思って読み返すと、一章の終わりでマモルが手にしているものに、ニヤリとさせられる。

時代の空気感を活写しつつ、こういった重層的な奥行きのあるテキストに、抜群のセンスが感じられる。物語の推進力も強く、一度読み出したら先が気になりページをめくる手を止めるのは難しい。

西尾潤。イチ読者としては今後の活躍が実に楽しみな、そして同業者としては恐ろしい新人が出て来たものだと思う。

二〇二一年四月

この作品は2019年9月徳間書店より刊行されたものに、「神尾あやこの憂鬱」（書下し）を収録し、加筆・修正しました。なお、本作品はフィクションであり実在の個人・団体などとは一切関係がありません。

徳間文庫

愚《おろ》か者《もの》の身分《みぶん》

2021年5月15日 初刷

著者 西《にし》尾《お》潤《じゅん》
発行者 小宮英行
発行所 株式会社 徳間書店
東京都品川区上大崎三−一−一 〒141−8202
目黒セントラルスクエア
電話 編集〇三(五四〇三)四三四九
販売〇四九(二九三)五五二一
振替 〇〇一四〇−〇−四四三九二
印刷
製本 大日本印刷株式会社

ISBN978-4-19-894648-7 (乱丁、落丁本はお取りかえいたします)